>>> 80 后，我们的声音

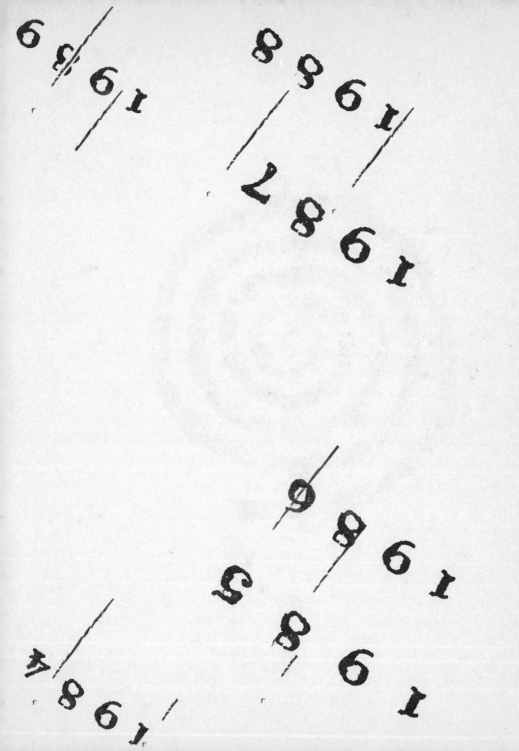

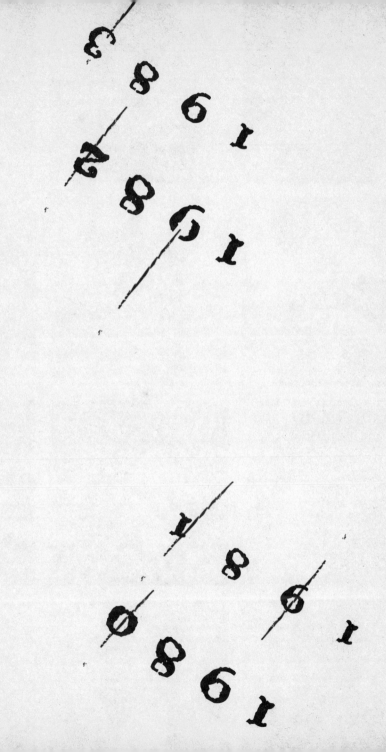

张悦然

春树

莫小邪

蒋方舟

小花

任晓雯

左茶

邢娜

小心肝

昂蕴红

李 萌

董夏青青

——她们·蓝色情绪

疼痛青春

1980-1989

唐朝晖 主编

刘小蕾

意 子

图书在版编目(CIP)数据

疼痛青春·她们·蓝色情绪/张悦然等著.—长沙：
湖南文艺出版社，2005.1
ISBN 7 – 5404 – 3439 – 2

I. 她… II. 张… III. 散文 – 作品集 – 中国
– 当代 IV. I267

中国版本图书馆 CIP 数据核字(2004)第 139885 号

疼痛青春·她们·蓝色情绪

作　　者 = 张悦然等
责任编辑 = 龚湘海

湖南文艺出版社出版、发行
(长沙市东二环一段 508 号　邮编：410014)
发行部电话：0731 – 5983020
邮购部电话：0731 – 5983015
E – mail：qctwg @ 163. com
湖南省新华书店经销
湖南新华精品印务有限公司印刷

2005 年 1 月第 1 版第 1 次印刷
开　本/ 787 × 1092 毫米　1/20
印　张/ 9
字　数/ 98, 000
印　数/ 1—10, 000 册
书　号/ ISBN 7 – 5404 – 3439 – 2/I · 2145
定　价/ 22. 00 元

若有质量问题，请直接与本社出版科联系

Co 目 nt 录 ents

序

唐朝晖

　　在安静中阅读出生于二十世纪八十年代作者的作品。她们的文字像一个个未知的小生物，一只一只地把我带出很远。在千百万细微的文字森林里，我听到了80'人内心的声音，用手去触摸、体会他们，我感觉到了：青春的 疼痛

　　无论80'人说自己如何的在十六岁开始老去，但她们的时间终究是青春的，只是，他们给青春增加了另外许多层含义。

　　漫游在她们文字的空间，感受着80'人内心细微的跳动，我想起法国画家伊夫·克莱因的蓝，那种群青色的蓝，那种让人过目不忘的 单色蓝 还有波兰导演克里斯托夫·基耶斯洛夫斯基的电影《蓝》，里面张扬着爱的询唤。一种色彩从80'人的文字里溢出来，纯净的蓝，忧郁的蓝，剧烈的蓝漫天而来。

　　80'人选择的是天空和大海的蓝。

　　80'人的疼痛是蓝色的。

　　那种空空荡荡的蓝，飘在天空。

　　从他们坚毅的文字里，我读出了她们的努力，正从内心出发。他们 上路 了。

　　对于她们的理解我是矛盾的，一方面，她们有着鲜明的个性，从生活观念到行文方式，她们区别于其余年代出生的人，另一方面，她们中的许多人也在相互重复着一些共同的感受。

80' 人是惟一一代没有忘记自己 **呼吸** 的人, 她们聆听着自己内心的气息, 体会每一种气味弥漫在空气中, 越飘越远。 有人说, 80' 人是自私的一代。

她们自己说: "我们没有疼痛。"

她们早已长大, 她们在试图说出来的时候, 感觉疼痛远不止她们的语言表达的那样简单。 她们在无意识中用 "郁闷、老、忧郁、晕" 等几个固定的词语来了结疼痛的心情。 她们是不想说得太多的一代。

我看到了他们的 **蓝色幻觉**

他们的制幻能力超强。 从记忆到老, 从远古的神话到明天的未知。 他们抵制着水泥钢筋延伸的预谋, 在物质化 **数字化** 的今天, 表面的一切在按时间的程序进行。 很多人在说, 80' 人什么都已经拥有了。 他们打开手掌, 里面却空空如也。

韩寒、李傻傻、小饭、甘世佳、刘卫东、水格、黑天才、游走边缘、吴建雄、侯海军、胡宇峰、夏雨辞、黄亮、徐则臣、战国吴钩、马牛、乔岩、恭小兵、田禾的青春在记忆里 **蒸发**, 天空里凝聚着疼痛的蓝色。

我感觉到了她们的 **蓝色情绪**

这是一个老得很早的年代, 一种青春的老, 一种青春的疼, 滋生于她们的内心, 从冰峰流过来, 落在城市的森林。 大地 **醒着** 她们冷。

张悦然、春树、蒋方舟、莫小邪、小花、董文颖、左茶、邢娜、小心肝儿、李宜修、子系、昂蕴红、董夏青青、刘小蕾、意子、谭少亮、刘莉娜、李萌、任晓雯、龙女的蓝色情绪淡雅着疼痛, 随意地渲染蔓延。

张悦然

1982 年 11 月 6 日出生
于山东济南。现就读于新
加坡国立大学。

张小跳吐完了从洗手间回来,发现那个肥胖黑衣女侍应生收走了她那杯比蜜还甜的 Mocha。她的心情就变得更加不好了——虽然她觉得那东西很难喝。

关键词: （甜） （感动） （深蓝色粗水笔） （冷淡）

高贵的请先死去

　　张小跳在一个叫做 Coffee Bean & Tea Leaf 的地方喝了一杯东西。很甜,她没有冲到洗手间就吐了。

　　咖啡店里一直在放 Nico 的歌,张小跳是去洗手间那会儿才记起来的。Nico,张小跳记得肖复兴在他的音乐笔记上写到 Nico 的时候这样说,一个女人无论是单纯拥有美貌或者单纯拥有才华,都会是幸运的,可是如果一个女人既拥有美貌又拥有才华,就注定要不幸。张小跳非常同意这句话,不过这还是不能改变她从小到大要做一个才貌双全的姑娘的梦想。这样说来,她一直在为做一个厄运人而奋斗。

　　她的手上带着四个烟烧的窟窿。这已经是她第多少次提到她的窟窿了？她变得像祥林嫂一般,不断地对人说起她的窟窿,因为这是她第一次付诸行动的自残,在此之前她都不能下定决心这么做,因为她爱美,也怕疼。不过她现在确实这么干了。四个窟窿,她在网上碰到人就说,我烧了四个窟窿。Bosnia 说,妈的,会留下疤的。张小跳心里惶惶的,不过她说,嘿嘿。

　　张小跳打算等下在这里喝完东西之后再换一间继续喝。不过她忘记了今天是 Public Holiday，其实很多漂亮的地方都关门了，只有 7-11 便利店持续地开着门卖生活的必需品，面包和避孕套。今天是复活节，不过说到这个词张小跳已经不感动了，她有四个周没有去教堂了。连那个顾长的好姑娘的洗礼，她也没有去参加。她前些天做了个梦，她梦见自己去参加洗礼，结果从顶楼的洗礼水池前，在众目睽睽下，就这么跳了下来。是啊，蒙受了恩典的她就从高处纵身一跳，结束了圣灵充满着的生命。她还记得她跳的时候旁边有人嘀咕(也可能是天使)：自杀是不能上天堂的！张小跳还是心里惶惶的，不过她还是说，嘿嘿。

　　当然那是个梦，张小跳最近不会自杀，因为她刚刚发现写诗很好玩，她想努力努力，成为一个蹩脚的女诗人，站在雄伟的朗诵台子上，在众多男诗人的追捧下，朗诵一首有关马戏团的诗(张小跳的初级诗歌都是有关马戏团的，因为她迷恋猴子和火圈，从小时候打游戏机的时候就已经迷恋上啦)。那个时候再跳下来也不迟，从高高的朗诵台子上，反正大家都是疯子，自己的死也不会给他们带来任何刺激，而教堂里的教徒们可不同，如果她跳下来了，她们会受很大的刺激，会哭泣得很伤心，然后围起圈子来为她祈祷。啊，多啰嗦啊，张小跳就喜欢啪的一声，就死去，像关灯一样。

　　张小跳吐完了从洗手间回来，发现那个肥胖黑衣女侍应生收走了她那杯比蜜还甜的 Mocha。她的心情就变得更加不好了——虽然她觉得那东西很难喝，可是她还没有喝完那个人凭什么拿走呢？那是她的她付了钱的，凭什么把它抢走呢？"我

———— 刘铧作品《结果》 ————

房子空了。
白色幻觉,漂浮而立,悬挂的器物与人无关。
许多事物都与人没有任何关系,可人不这样想。

要离开这里。"张小跳再次绝望地想。她想离开 S 国。这个在地图上还没有她脸上的泪痣大的国家。都十月末了,这个国家连一个合理的秋天都没有让她过上。她就像一个饥饿的幼儿园小孩,过了开饭的时间还没有人理睬,她就一个人拿着汤匙孤单地敲着空空的饭盆。张小跳是不能没有秋天的,她没有秋天就会浮躁和喋喋不休。如果再没有人听她倾诉,她就会考虑消失掉,比如从高处向下跳。

那天张小跳烫伤自己的时候,是面对着 N 的(N 是个正宗的女诗人,不过她对男诗人围绕以及站在雄伟的高台子上趾高气扬地念诗丝毫不感兴趣),可是她嘴上叫着的却是她妈妈。这是完全可以理解的,在过去上的一堂当代文学课上,张小跳学到,人在绝望的时候会回归最本初的形态,对母亲的呼唤是完全出于本能的。举例:在曹禺先生根据巴金先生的《家》改编的同名剧本中,当端珏在新婚之夜,发现觉新并不爱她,也不碰她,她难过地呼唤着:妈妈!是的,张小跳在拿着烟头,正冲着皮肤摁下去的时候,她叫出了声音:妈妈。

妈妈,我要回家! 他们都不爱我,他们都不懂得如何疼爱我。

张小跳打算现在就关掉这个文档,收起电脑,离开咖啡店。她心里有很多关于马戏团的诗不知道要念给谁听。她心心念念的那猴子,也还在钻火圈,一个,两个三四个。烧着了屁股就哇哇大叫起来。小可怜,张小跳说。猴子的腰还缠在火圈上,对着看热闹的张小跳说,下一个就轮到你了! 张小跳心里又惶惶了,不过你知道的,她还是照旧说了,嘿嘿。

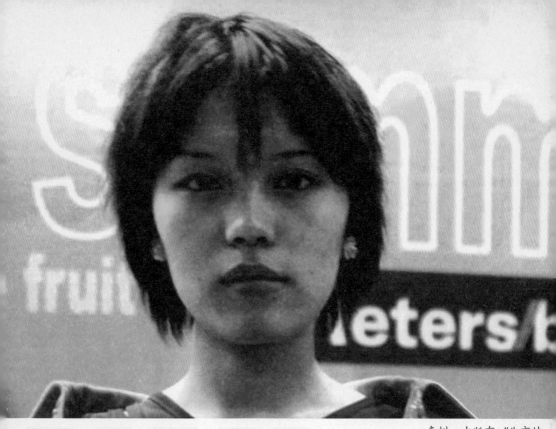

关键词： 悲伤　在一起　回去　路上

春树，出版有《北京娃娃》《长达半日的欢乐》。

我感觉到在**城里**生活了以后，就很少再有人这么**无私**地对我**朴实**了。

我知道伟波**死了**这件事(如果他真的死了)不会有人**告诉**我，起码不会

立刻告诉我。我在北京，**他们**散在各地，有人在**村里**，有人在外地打

工。伟波也在**外地**打工。我哥在**北京**当兵。

新

死

一天,我的妹妹给我打来电话,她说伟波死了。

我说:怎么死的?

她说:听说好像是跟人打架,他让人给捅死了。

我说:哦。这是什么时候的事?

虽然我和伟波很好,但很少有人知道我和他很好,也许我的哥哥知道,也许村里的几个玩伴知道,但伟波的父母不会太清楚,虽然他们知道我和伟波很好,那也只是因为我哥哥和伟波很好,他们也许不会知道我和伟波好,和我的哥哥没有太大的关系。我记得今年回老家时,有一天我去伟波家找伟波,他不在,我在他家坐了会儿,他的父母还送我出门,他们站在门口,目送我们走(当时还有村里的几个玩伴),这让我既亲切又有些悲伤。我感觉到在城里生活了以后,就很少再有人这么无私地对我朴实了。我知道伟波死了这件事(如果他真的死了)不会有人告诉我,起码不会立刻告诉我。我在北京,他们散在各地,有人在村里,有人在外地打工。伟波也在外地打工。我哥在北京当兵。

我妹妹说:好像是一个月前的事。

我说:哦。知道了。

好像然后我们就没有再提到他。我妹妹也知道我和伟波很好,但也许她不会了解到我和伟波到底有多好。事实上我在平时，也不会想到这一点。因为我和伟波的生活，基本上没有一点交集。

我妹妹是在老家的县城给我打来电话的。她那边的声音比较嘈杂，应该在街上。我妹妹在县城上班，她是做衣服的。她会做衣服是因为我二姨会做衣服，我二姨是她妈。我二姨让她继承了她的职业，其实我妹妹对做衣服没什么兴趣。她说：天天呆着烦死了，真是上够班了。

我说是啊，你还年轻，不应该天天做衣服。

我曾经承诺过，如果我有一天混出来，我就让她过上她喜欢的生活（也是我们共同喜欢的生活）。她不用再天天干她不喜欢的工作，如果她想上学，现在有很多只要交学费就可以上学的地方，如果她想玩，只要有钱也可以解决。我说我要和她生活在一起，我们一起上学，或一起玩，如果到时候我们都有工作能力了，我们也可以工作。当然我们不会再考虑用工资来解决生计。这样我们多自由、多开心啊！或许我们还可以组个摇滚乐队，不会弹琴可以学嘛！

在今年回老家时，我又跟我妹妹承诺过一次。没人要求我做这种承诺，但我想。这是我最大的愿望，我的愿望就是和我妹妹一起生活，我们在一起的时候，简直太开心了。我回老家的时候，是冬天，那几天，我和

陆春生作品《纸枪》

　　迟疑的是那道光线，他没有明白事情的来由，那细小的伤害已经把身体击倒。只有回忆还存活着，闪过一个个念头。
　　我们都在希望这是一些纸枪，所有的速度和身体的倒下都是虚幻的影子。

我妹妹几乎天天都骑车进城上网。那是一个小县城,网吧非常多。贝贝(我妹妹的名字)带我到过几个莱州最大的网吧,有一个我记得很清楚,叫"海楠网吧"。我们到网吧上网聊天,我发现她每次都上莱州的聊天室,这像一个大的局域网,经常发生这种对话:A 问:你是哪儿的? B 答:莱州 XX 村。

哈哈,想起来我就想笑。那几天快活的日子,我和我妹妹经常骑着自行车到处逛,她带我到任何我没去过的地方,逛那里的集贸市场买衣服和化妆品,去小巷子里的书店,逛当地最大的超市,我们就会在超市里买果冻、餐巾纸、擦脸油之类的小东西。我拿着傻瓜照相机给她拍照。我们的笑脸印在相纸上,有照片为证。一回到老家我就发现我变成了大款,几乎所有小件的东西我都买得起,如果我愿意,我基本可以买辆摩托车。

贝贝还带我去了一家她经常吃饭的地方,那是在长途车站旁的一家兰州拉面馆,可是去的那天,面馆没开门。那是大年初四,很多家店都没有恢复营业。在以后的几天,我们都没吃上那家拉面馆的面,贝贝跟我们,咱们现在吃的面条,比起那家店的味儿,真是差远了。

我在老家过的年,也就是在我妹妹家(二姨家)过的。随后的几天,我回到我父母原来的村子。那也是我姥姥、姥爷、爷爷、奶奶的村,也是我从小在那里上过二年学的村,也就是伟波和我哥哥的村。我们都是一个村的,那个村叫"邹家村"。

这就是我最后见到伟波的时间,距我妹妹告诉我他死了有一个月。

从我听到我妹妹说这个消息的时间算起,那是一个月前。

我回村后的第一天,我就去找了伟波,他爸妈说他去看他姐了。他姐已经嫁人了,嫁到了外村。他姐嫁人的时候,我不在村里,但后来我看到了录像,就在伟波家。那年看到他姐结婚的录像时,我还挺胖,可能比现在沉十几斤。这次我回来他们都说我瘦了。

没见着伟波之前,我也没闲着,我见了几个另外的玩伴,有小朋、考中、新波和玉青。他们都和我同龄。我没见着冬冬和海军,冬冬妈说冬冬出去当兵了,小朋他们说海军上他对象家了。我到小朋家坐了会儿,另外几个人也都在,他们在抽烟。我不知道我应该不应该抽。我妹妹跟我说过,在我们老家,抽烟的女人会被人当成鸡。在他们的印象里,只有鸡才抽烟(当然是指女的)。这里面有性别歧视的调调。我当然很了解我们老家的情况(也很理解),但出于诚实,我应该不应该让他们了解到我其实会抽烟呢?而且抽烟已经变成了我的习惯。在我妹妹面前,我不会有这种矛盾,因为她了解我。她也抽,但她抽得少。说实话,在我妹妹面前,我非常自如,简直就像是在北京一样,或者说简直像我一直在我妹妹身旁一样。我所有的转变她都会理解,并且配合。我也是。

看着他们抽烟,我简直快变成了热锅上的蚂蚁,他们抽烟已经勾起了我的烟瘾,而且让我有了倾诉的欲望。比如说我为什么变瘦了、为什么也抽烟、为什么写诗(后两者他们还不知道)。几乎是在十分钟之内,我的心事已经到达了高潮,我已经到了再不说明一切(我想抽烟)就必须要离开的地步了。我开口说你们不介意我也抽吧?

当然不介意,你随便。他们说,并且给我递上烟来。小朋还给我点了烟,但我知道他一瞬间对我的轻蔑。我能感觉出来,真的,如果我连小时候在一起成长的朋友都感觉不到他们的心情变化,那我就白活了。但我还是没有后悔。我没有余地。他们早晚会知道真正的我,我不知道隐瞒。隐瞒是虚假的,是对他们,也就是对曾经的我们的不尊重。他们早晚会知道我也抽烟,他们必须接受真正的我。为什么他们能抽烟我就不能?我们都是同龄人。难道就因为他们是男的我是女的?我觉得也许村里的思想落后十年,但悲剧不要在我认识的人身上重现了。

从小朋家出来,我又去了趟新波家。他在城里上高中。他和我一样大,为了考学有把握,他又重读了一年高中。我和新波随便聊着,和他见面,我有一种青梅竹马的感觉,也许境遇都变了,但那种温情的感觉是不会变的。

我是晚上才见到德州的。他和他娘在炕上正吃饭,他妻子在喂孩子。德州见到我很高兴,他说你看我现在结婚了,连孩子都有了,去年你见着我时我还没结婚呢。我说孩子是男孩还是女孩?德州说是男孩。我又问了德州伟波什么时候回来,德州说可能明天就回来了。明天我见着他叫他找你耍。德州的妈一直说明明(我的小名,村里人都叫我们的小名)吃点饭吧。我说不吃了。临走前,德州妈还说,给芳(我妈)带个好。

伟波第二天一早就来找我了。我说咱们到村头散散步吧。伟波说咱都大了,我都不好上你门找你。我说没事儿,没管它。他说你还大大咧咧的,没变。

村头挺冷,冬天田里没人,道上也没什么人。我说这要是夏天该多好,冬天太冷了。我们还聊到了结婚的事,我说我昨天去见德州了,他都有孩子了。我问他什么时候也会结婚?伟波说还不知道呢,还没处对象。他说,还记得你去年回来的时候吗? 咱要得多快乐,就是现在想回去,也不可能了,咱都慢慢长大了,德州都结婚了,可能过两年我也要结婚了。

我说是啊,前两年我们玩得太快活了,太幸福了,也许这种日子以后都不会有了。我没让他多说,我也没多说,我只是说,我想上网,你带我去上网吧。他说行,咱镇里有网吧,离咱村不太远。

伟波用摩托车带我去镇里上网时,我用手搂着他的腰。他把我带到网吧,就去找他同学了。我拿出烟,没对他多废话,说:我抽烟。他说好。然后欲言又止:你少抽点。

没想到伟波没多说我,去年回老家,我染着黄头发,他没少教训我,跟我说黑头发多么多么好,让我至少下回回来别染头发,村上的老人也许会有看法。这次他没怎么说我,可能是意识到我怎么变都是我,我永远都是那么可爱。

从网吧上完网,伟波还没回来,我在网吧门口等他。期间给我男朋友打了几个电话。我不知道到哪里找伟波,他没有手机,我的新手机号还没告诉他。我有点茫然。但那只是转瞬即逝的感觉。

回去的路上,伟波带我到他另一个同学家玩了会儿。我有些矜持地坐在他同学家的炕上,同学的父母问伟波:这是你媳妇? 伟波笑着,又有点害羞地说:哪儿啊,她是明明,是我妹。是啊,我的打扮并不像是经常生活在本地的人。

按村上的亲戚关系,我和伟波肯定也会有些亲戚关系。一个村的嘛,几乎家家户户都是亲戚。

我记得伟波跟我说的最后一句话是:别忘了把你的手机号告诉我,我好给你打电话。

回到村后的第三天我就走了,我之所以这么心急如焚,是因为我男朋友当时也由老家回北京了。我非常想见我的男朋友。我临走时,没和别人打招呼。

从我妹妹对我说了伟波已经死了以后大概又过了一个月,有一天我回家,想起这件事,对我妈说:妈,你知道伟波的事吗?我妈说:什么事?我说:伟波死了。我顿了一下,接着说:贝贝说的。我妈说:知道,听说是让人给捅死了,打架嘛。

我说:妈,伟波多大? 我妈说:不大点儿,比你大几岁,跟你哥差不多。

哦,然后我说:那伟波他爸他妈多可怜啊。我妈说是啊,他家还有个闺女,也结婚走了,两个老人现在身边没人了。

我从来都不适应沉重的气氛,我是个沉重的人,但我常常装得很快活。于是我说:这是我第一个朋友死了呢!

我还是压抑不了我的情绪,终于在伟波死后两个多月以后,趴在床上,搂着我的芝麻(我的熊的名字)哭了起来。我越哭越伤心,我甚至希望是我死了而不是他,我多希望是我代替他死。我甚至不相信伟波已经死了。我想起很多往事,那完全可以写成另一篇小说了。只有他给过我像我哥哥般的温情,自从我哥当兵、自从我喜欢上摇滚乐以后,我和我哥就产生了一些隔膜,虽然也只是表面和暂时的,可我哥不再像小时候在我的身边了。我想起伟波的话:那些快乐可能都不再有了。伟波的死消解了我对故乡的温情,他的死,让所有的人都有可能(除了我自己)知道我们曾经有过的温情。但我是个矛盾的人,我只哭了不到十分钟,随后我就到阳台去抽了一支烟。

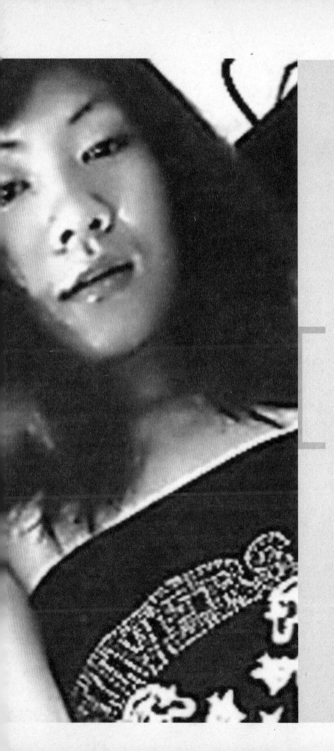

莫小邪，女，1981年
生于北京。在国内多
家刊物上写专栏。

莫小邪

一封无法投寄
的
书信

—— 从此以后,我有了一个新名字:七十米深蓝

　　很多个夜晚,我们在两座不同的城市一起度过。时间,还有地理位置上的疏远都已经远远抛在身后。感谢网络这个互动的平台让我们相识,也许故事还没有真正的开始,但已经带出一种别样的情怀。

　　每个夜晚都是属于星星的家园,你可曾抬头望见北斗星。值得一提的是我一贯泼辣的文风有了温情……是泪水啊,多么美丽的钻石,曾经一颗一颗地落在我蓝色的键盘上,而后在午夜时分迅速蒸发。看到你伤心,我会心疼,虽然那时候,我脸上露出了笑容,是为了让你记住,这难得的笑容,有一天将不复存在。

　　既然有爱,为什么彼此折磨,既然有爱,为什么让人发狂,仅仅是任性和不顾一切的相互毁灭吗?! 不对,不是那样的……我在一个雨夜有了欲望。一直以为情欲就是勾引。或者说精神之爱脱离了肉体,对爱怀有疑虑和不安。

　　如果抓不住眼下的爱,哪怕是后退,那以后会明白青春是一场梦,爱情就是那场梦的内容。的确是这样的,太多的人紧紧追赶快乐、幸福、爱情,以至于正好越过了它们。执着的人不止我一个,我的生命就如同永恒的黑夜,当我带着忧虑死去,我能同死神对话:你夺完了我的生命之夜。

　　对于爱情——
　　痴迷的人不止我一个
　　他为我离开

我为谁狂野而不顾一切
游戏的人不止你一个
早知道世界无法停留太久
不顾一切的人不止我一个
消失的永不能再回来
记得那次花开
许多人不在场
消失的永不能再回来

原来爱情可以枯萎,也可以瞬间进入真理。

有人说,爱一个人不一定要拥有那个人。我表示否认,因为那样和什么都没发生一样,既然爱了,请放下一点点虚伪的自尊,否则你最爱的人是你自己……有些故事很沉重,甚至凄惨,不能实现……但比婚姻的俗套,更考验人性的宽容与尊严。

突然想起一个酒吧的老板娘,风骚得像八月的太阳,她对每一个追求她的人说:她只属于黑夜。到今天,我明白什么叫夜上浓妆、错过花开,那人已不在灯火阑珊处……为谁停留,我已无心猜测另一个人的内心,那是无法触及的幻灭,我坐在这里为明天祈祷,我祈祷那些爱我的人和我爱的人平安。

从此以后,我有了一个新名字:七十米深蓝。

洗衣粉还有温润的香,很久以前我和你一样,再很久以前就是今天,我想一切都发生在梦里的乡间或者天上。那天下雨,我没带伞,在雨中看见一个脸上有疤痕的女子哭泣,她的忧伤,好像是我戴着去年冬天最喜欢的毛线帽子,从冷风中走过来的几个孩子,他们的眼神决不是任性的邪恶。

在我的屋子里有很多感冒药,它们都放在我的抽屉里,为你准备,为我准备……

昨天我还难过地想了一万个理由离开这座城市,我永远记得那深蓝只有七十米。

陈羚羊作品

《她：2003 年 9 月 16 日，苹果社区，北京广告计划》3，数码喷绘，2003

红果落下来，打在脚上，我没有去动。又一个掉下来，我用手接住青果，咬了一口，记忆的碎片从空旷的天空飘下来。

为记忆活着？这也是问题？

一座记忆的房子，一条记忆的路，一个记忆的男同学，一种记忆的蓝和红。他是记忆的一个元素，与很多记忆一样，他清水般流过我生活的桌面。

后天，清水无痕。

我明白了，记忆靠我们而活着，记忆在我们手上已经不再是个问题。

梁钜辉作品《快乐间》
2002,装置,234×190×200cm

　　快乐,狂笑着穿过我的身体,
在城市的一个点停下来,与我密
谋……

　　我是城市的独子,精力过剩
的年龄,对我这没有兄弟姊妹的
人又理解多少?

　　我就是那个站在色彩的桥
头,呼喊着那个越来越远的青年。
什么事物都在远处,什么东西都
是以背相见。

　　我到处挥霍着多余的色彩。

　　没有任何人可以制造出事故
来阻止迷幻列车的抵达。我们还
坐在铁轨上玩猜火车的游戏。但
进到马桶的最里面,只有电影里
才会出现。

　　我开始对卫生间动手,这是
绝对隐私的私密空间。我把所有
的灯光重新设置。

　　灯光和色彩是快乐的制幻
剂。

　　色彩喧嚷着从上面砸下来,
我淹没在洪流的声响中,成为快
乐的一个零件。

走失的卡百利

想你的时候,听你给我的音乐,亲爱的,你怎么不在我身边。然后把那些声音想成你的声音,虽然两者有别。为此,我皱着眉,表情混乱。

很多时候我非常忧郁,不像在开玩笑或严肃的场合。我热爱思考,所以不可回避情绪的困扰。而你的思考方式总是绵绵密密,不轻易让另一个人知晓。我的思考总是直接地到达一点后,停在那里不动……这关于情感的最后总结。

"力是相互的……"你说。我不止一次听你这样说过,很多次后确信无疑。你像物理学导师,阐述了力与力之间有冲撞,也有抵消。

我曾经在"生死遗言"中写:……事实生出虚构,虚构又生出无数的虚构……这些东西就是一种被抽象化的生。这个被抽象化的生,不同于生命,生死的生,生死的生只有一次,直到死,也只有一次死;而这个抽象化的生,能反复使用,这便是经验的奥妙。

事实上,见不到你的日子里,发呆与静默成了我大部分存在的形式。

事实上,我无法肯定"虚构"最终是否导致虚无。

事实上,我和你活在不同的空间里,不同的地理位置却可能导致精神上的摇摆,如此地反复无常……

我不知道,现在你对我还有那种令人尴尬的陌生感么?

有首歌的歌词:"我只爱陌生人……喜欢看某一个眼神,不爱其他可能。"

在某处——在某处——为我哭过……

我也哭过——在某处——在某处——在我家里。

世上最残忍的事,莫过于死亡和离别。我经常和人讨论关于死亡的话题,这种谈论会减少我们身体内部的里比多,我们会变得非常敏感。前几天,我看了电影《布达佩斯之恋》,影片里充斥着:忧伤的眼睛、死亡、离别、灰色的街道、财物、国家利益、音乐、漂亮女人、鲜花、流血事件、黑色的钢琴、牛肉卷……这一系列元素,让我体会到它们附在死亡表面的魅力。

一个年老的人,握着双手等待着死亡来临。这是我所想像的一种贴近现实生活的自然状态。这时,我在暗淡的客厅里忽然止不住泪水,除了电视屏幕发出的光线,就是眼泪折射出的亮光。

无疑，我是一个感性的人。

此时，我想紧紧抓住一个人的手，让我们互相看着对方的眼睛。我们一起流泪，嘲笑那些自以为看清了世界本质的人……

其实，我们的眼睛看到的只是应该看到的东西，其余的都被历史遮蔽。

你可以感觉到我的存在，只是无法在思念的时候触摸到我的脸。

这思念的重量……加深了你对这个世界的认识，就像昨天只能是昨天，永远不会走到今天，冒充未来。

我忍住快要流出的泪水，偶尔有几滴落在键盘上。也是在那些时候，我暗暗发誓，在有生之年，我一定要比你多活一天。我要看着你来，又看你离去……这看见的，看不见的……这听见的，听见之后，消失的……让我无法安心，不时感受到失去的苦痛。

很小的画面……我无法用手抚弄你的头发，让你脸上的笑容为我多停留一会儿。也许见到你时，我就坐在你身边喝茶。我们都不要开口说话。

我在影像和声音之间迷失了几天后，终于害怕失去……可我什么时候得到过？所以每当看你微笑时，我心底暗暗起誓，多看你一眼，从第一眼开始……那第一眼就是充满神奇的吸引……

如果我们越平凡就越不用去思考，这样一来，我们越容易接近幸福……那次，我们打了很长时间的电话，手机电池像被太阳烤热的石头贴着皮肤。我怀疑你并不知道我感情的深度。而你却说，你比我喜欢的多……

我们离得远。你没有说：你觉得你爱我比较多。为此，我有些遗憾，也有些高兴，因为，爱不是用嘴说出的……

我最近常常心慌，总是觉得人空荡。买来外国小说看了又看，然后没事找事的让自己忙起来，以为这样可以减少对你的想像，我找来地图册，明知道在上面不可能找到你，但还是找来找去。一夜之后，早晨我跑出去吃早点……你总是在离我很远的地方，让我多吃点。

我坐在小区花园里看书的模样，你可以想像，我脸上的表情多么地心不在焉

我仔细想，才发现哪里也没去过。

我只是每天重复做着几件事，无论睡觉、吃饭、听音乐、写作、看书、发呆……我都只是身体在移动着，而我的心，一直停留在想你的时间里。

昨晚做了一个梦……我们之间不牵绊，我们爱却不触及，也许在等清醒后，在失去好奇心后，冷漠地相互忘记……

火车穿过隧道，一路上雨声乍停，灯光照映窗玻璃。

突然一切无声，我感觉失去。

挂掉电话……再也听不到声音。

25

关键词：光彩 捣乱 美人关

蒋方舟

蒋方舟，1989 年 10 月出生。中学生，出版了《打开天窗》《正在发育》《青春前期》《都往我这儿看》等书。

阳光灿烂

　　校园黯淡无味的生活中终于有了春游的光彩，把我从逃学的悬崖边拉了出来。老师宣布春游时，话语甚是奇怪："我们学校以校外生活丰富著称……"

　　我们的兴趣立刻被吊了起来：

　　"耶………"

　　老师接着说：

　　"……著称哦，可是每次春游都有人捣乱……"

　　我们只好理所当然地叹息：

　　"唉…………"

　　老师又说：

　　"……捣乱哦，但是我们还是决定远足……"

简直是晴天霹雳，天啊！月亮湾！幼儿园就到月亮湾，一年级到月亮湾，二年级到月亮湾，三年级到月亮湾，现在又去月亮湾！怪不得叫"远足"，走路得一个小时呢，远不远？

我们的兴趣又被调动起来：

"耶…………"

老师又说：

"……远足哦，可是又有人不守纪律……"

我们已经经不起这么一兴奋一叹息，大吼：

"老师有话快说！"

老师忙答到：

"是是是，是这样，我们学校刚刚调来一位三十多岁的年轻校长，他呢，就主张学生去春游，哦，是远足……"

我们大呼：

"校长万岁！"

老师又说：

"可是呢，有的老师却不同意……"

"唉…………"

连着几天，在我们·再追问、严格审问下，老师终于说了：

"星期五，月亮湾公园！"

简直是晴天霹雳，天啊！月亮湾！幼儿园就到月亮湾，一年级到月亮湾，二年级到月亮湾，三年级到月亮湾，现在又去月亮湾！怪不得叫"远足"，走路得一个小时呢，远不远？

虽然如此，我们对星期五还是充满了遐想。班上沸沸扬扬，所有的同学都向别人炫耀自己星期五将要带什么东西。

我们班有64个人，正好分成8组，每组8人。老师说：

"凑不齐8个人的，就跟我一组。"

我们拼小命也要凑足8个人。

在我左手边上的，是龙超，在我们班属于大富豪的等级。他拉人的方法十分独特。他先与别人谈烤乳猪之美味，再宣布自己春游时要带烤乳猪，自然，跟他一组的人，源源不断，不过还差一人。

再说说我，我平时吃素，所以积下了不少阴德。东添西补，也凑足了7人。还差一人，我跟龙超不约而同地盯上了宇文宇。

宇文宇一向洁身自好，不遇到学习好的人，他楞是不跟。所以到现在还是孤身一人，是个"钻石王老五"。

龙超重施故计。不过除了夸口带"烤乳猪"外，还说：

"连天上飞的大雁，海里游的鲨鱼，我都能带上。"

正当宇文宇同学吞口水的时候，我发起了进攻，我把工作重心转移到美女身上。我把我们组的名单，给宇文宇看了一看，一看蓝鹃、赵美云、方舟等美女的名字，他就被我们收服了。正所谓"乳猪难过美人关"。哈哈哈！

我们到一个饭店门口等车，只见我们的领队，手举钓鱼杆，上面悬了个红旗。英气逼人，两手紧握鱼杆，双脚呈丁字形。

经过了漫长的等车过程，一辆大巴，晃晃悠悠地向我们驶来。刚准备上车，没想到六班的同学竟捷足先登。我们把谴责的目光投向老师。老师只得陪笑脸说：

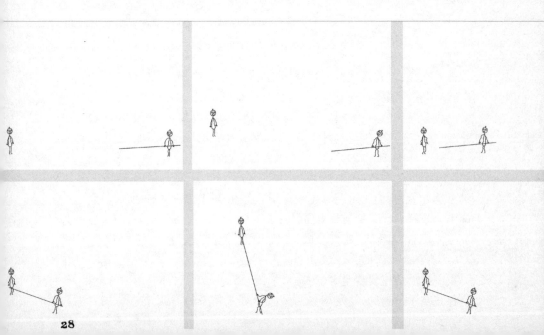

"六班上完了,快点,上去上去。"

原来是两个班坐一辆车,三个人坐一个坐位,四个人扶一个把手。

为了表达我们的快乐心情,我们唱起了《小白船》

蓝蓝的天空银河里,
有只小白船,
船上有棵桂花树,
白兔在游玩。
桨儿桨儿看不见,
船上也没帆,
飘呀飘呀
飘向西天……

唱着唱着"飘向西天",忽然一阵剧烈的震荡,啊! 撞了!

顾德新作品《2003 年 12 月 20》

丢弃所有与你抗衡的事物,站在固定的一个点,看你一步步走近。

你在白天的角色里看着河岸的曲长。我不会动的,哪怕是一点点,我心中的那个词已经把我交付给了记号与记号之间那段空白。

另一个人在我们相遇之后的冷静中,看着标尺疑惑不解。自己的脚才可以踩到昨天的脚印。

"青春的标尺与河流一样,同样的一个词语把记号之间的空隙消解。"

这是他一个人的幽默，只他自己笑两声，书院又归于寂静。

买书之心理挣扎

老师上课时，"嗖"地一声，从大衣口袋里抽出一张纸念了起来。原来是征文比赛。同学的目光从四面八方向我射来，目光里满是同情，分明是把写作文的责任推到我身上，虽然他们嘴上说不写，其实为了得一个笔记本，背地里还不是请爷爷指导，请奶奶检查地写上一篇。

当老师念到"颁发获奖证书和奖金"的时候，他们连忙把目光收回，自己准备孤注一掷。这全是因为一句"奖金"。有人互相试探："你写不写？"

如果对方说写，自己便赶紧表示赞同，如果对方说不写，自己就算破费，以豆皮作诱饵，也要让别人参加，也要把别人说动，好有个伴，从这点就可以看出我们班惟一的长处——团队精神。

老师突然念到"学生到'风菏书院'购书后，领取参赛标志"时，气氛一下子冷却下来。要知道，我们班同学虽然在小卖部里流连忘返，但又不肯参加一切要花钱的活动。刚才要报名的许多人退出了。有人满眼泪光地握着我的手说："我们全班的希望都寄托在你身上啦！"

我终于说动了蓝鹃和冯圆，和我一起去买书。我们的阵势是：一人在前，两人在后，口号是"不买到书不罢休"，服装是"五花八门"。名称是"美少女买书战士"。

"风菏书院"实在是太小了，放着书的只有一个书架，一个钢丝床。其余只容下了一个绒沙发，上面"横放"着书店的负责人。此人令我想起了粉蒸肉。负责人的姿势与其说是坐，不如说是躺。只见他全身瘫在绒沙发上，见有客人来，也不坐起，任由身子留在绒沙发上长肥肉。自暴自弃！

伯伯对我们的来意很是清楚，对我们每个人说一遍："中奖了给我买包烟吧。呵呵呵呵。"

这是他一个人的幽默，只他自己笑两声，书院又归于寂静。

我觉得这个老头有几分恐怖，再加上这个"风菏书院"安着一直关闭着的蓝色玻璃门。书院里一没空调二没电扇，嗅着负责人呼出来的二氧化碳，更觉得这间书院的狭隘、昏暗、沉闷。

书店负责人见到只有蓝鹃长得标致些，便针对她一人发动猛烈的推销攻势(这位老板还真没有眼力，放着两个有钱的主子不管，倒追着这个没钱的丫头)："你买这本《辞海》吧，对你们很有帮助，里面有很多生字……"

蓝鹃同学立刻抢白："《辞海》怎么写读后感啊？"

李柏林作品《等》

想像的这场约会，向另一个人走去。

橘黄的灯光亮在我们喜欢的夜晚。要那么多阳光干什么，只要灯光是摇晃的，激烈地狂打着我爆炸的情绪，我摇动着身体里的每一个元素。光明磊落的走向我的梦想。

我在行动中等待这样一个背影的到来。

31

"那就买这本《初中生名著导读》吧！又便宜，又有知识性……"

"我才不买呢！我总不会傻到为了买这本书，再配一大堆名著吧？"

那位老板坚持不懈的精神实在值得我们学习，他忍辱发出最后一轮攻击："那你买这套《中国四大名著》吧……"

"我只带了二十块钱！"

老板终于放弃，直起脖子又"啪"地一声昏倒在了绒沙发上，等着呆子们自动上当。

蓝鹃缠着我不放，让我帮她选书。这家书店儿童类的书只有《一千零一夜》、《三百六十五夜》、《听妈妈讲故事》……我们只好在成人书堆里找。哪知成人书堆里全是些《炒股秘笈》、《枕边笑话》、《如何科学养猪》等等。

还好，在一个最不起眼的地方，我总算发现了一些精华。是些《母亲》、《童年》、《巴黎圣母院》之类名著中的名著，看来蓝鹃的书得在这里挑了。

蓝鹃对高尔基的书情有独钟，拿着本《在人间》不放手，可能是这个书的装帧最好，灰尘最少的缘故。

我考虑到那位同学的文化程度问题，买了也未必写得出读后感，就好言相劝道："算了，这本书不好看，我们家有。"

那位同学煞是尊重我的意见，只好依依不舍地放回那本书，又抽出了本《童年》。

我虽孤陋寡闻，但也知道这两本书都是同一个人写的，与之相比，可能还是前者好看一些。但我又不好意思说，一是因为怕蓝鹃以为我公报私仇，因为龙超而跟她过不去，二是因为其他书也差不多……

忽然听到冯圆叫我，她一开始就和我们分道扬镳，被钢丝床吸引住了，那上面多半是畅销杂志，封面上写着"感人的亲情华章"、"妈妈呀，你不要坠入情网"。

她捧着一本时尚杂志，我看见老板几次欲从昏迷中站起，原来冯圆的口水马上要滴到杂志上去了。见到我来了，冯圆一吸溜，把口水吞回肚子里去。老板这才放心地一笑，恢复了昏迷状态。

冯圆一见我就像抓住了什么把柄一样，不停地朝我"嘿嘿"地笑。她双手一背，摇头晃脑地背诵《小学生守则》，把上面"不许穿无袖衣服"的规定宣布给我听。不是吧！她每次背书都求我给她作假，随便打一个背书的分数。怎么现在记性这么好？冯圆还不忘加几句评论："你看看你，一点都不简朴，穿衣暴露，这件衣服倒不错，不过你穿一点也不好看。还这么骚！蓝鹃啊！你的头发也该剪一剪了，都超过肩膀一厘米了。《小学生守则》上明确规定：女生不许留过肩长发……"

蓝鹃不多时就选好了书，是一本《母亲》。

于是，她在一页都没看的情况下，买了这本《母亲》。

现在只剩下我一个没有着落了，老板见我虽然貌不出众，但气宇非凡，不是好糊弄的。对我说："我的房间里还有一个书架，不过那儿的书有点旧了，我给你打三折。"

我俯视着蓝鹃和冯圆，掀开布幔，走进了老板的私人秘室。

房间里果然有一个大书架，油漆已经脱落得差不多了，上面摆的书参差不齐，不只是有点旧，大多书的封皮都掉了。我原以为这里装着"风菏书院"的镇店之宝，起码也应该有老板的私人珍藏，没想到都是些农业养殖、民间故事、伟人回忆录之类。

当我做完热身运动，准备大展拳脚选书的时候，那位老板隔幔提醒我说："我要关门了，你快点！"

我只好乱抓了一本能够解答我多年以来的未解之谜的书，是《怎样快速致富》，取了参赛标志(一张小纸片)，我们不太满意地悻悻地离开了书店。

小花符号

小花，又名王小花，出生于 1983 年。中国人民大学学生。

有小木的地方就有音乐,有音乐的地方就有用筷子当鼓槌的小木,每当这个时候,我们不能说话,不能胡乱走动,咳嗽也要看眼色。每当这个时候,小木总是最迷人。

北京北京

我习惯听着我漂亮的 CD,我习惯和音乐一起在城市的缝隙里摇摆地行走,我习惯在颠簸的公共汽车里用冰冷的手指划过车窗里迷离的景物,充满激情构想每个不能实现的故事。一个城市就这样在一种半梦半醒的状态里面清晰起来。

对于这个叫做北京的巨大的城市,我还能说些什么呢?就像对青春的瞬间闪耀和倏然滑失,我又能说些什么,生命在一座座城市凸显与凹陷的交替中演变成了漫长的呓语,这感觉,从初来乍到的刺激最终不过也回归了寂然或者平静。一个城市就是一个秘密,那里总有我们说不出来的话,让我妄自的叙述显得意义索然。我的 18 岁到 20 岁是关于北京的,虽然事情距离终点还是那么遥远,虽然我们看上去好像还稚嫩得对于青春这样的话题毫无发言权,但是我知道,我把一些故事和一些秘密埋藏在了这里,埋藏在了生硬的水泥地上陌生唐突的洞穴里面。

天安门

周小木在天安门等王小花的故事也许已经是众人皆知了吧,阿吉知道,M 知道,M 的媳妇也知道。所以这事情现在说起来也许就是老生常谈平淡无奇了吧。不过我,也就是剧中的王小花还是愿意把它再拿出来,不厌其烦的再甜蜜一遍。

北京男孩周小木在网上邂逅自命不凡的王小花,在这个过程中,有网恋嫌疑,不过这两个人由于害怕被人嘲笑,在日后的每次讲述中，总是竭力避开这个事实，而直接把开头说成，周小木与未曾谋面的王小花不知为何彼此之间有些暧昧有些不良想法，于是约定于两千零一年年十一月二十三日于天安门正式见面，王小花当时身穿白色羽绒服，蓝色牛仔裤，而周小木声称自己是一个歌特，于是全身都是黑色。

他们两个人之所以选择天安门是由于，王小花是外地刚来的，还不熟悉北京地形，而周小木，虽然是土生土长的北京人，却从来不喜欢逛街，于是对北京各地也十分生疏，要找一个两人都认识的地方，想来想去，只有天安门了。

美好的事情回忆起来总是明媚的，我在想起这个事情的时候总是固执地认为那天的天气是很好的，阳光也是灿烂的，小花和小木聊得很是投机，于是不知不觉，已经绕着广场走了三圈，并且在这三圈里面，感到甚是情投意合，两人不时眉来眼去，最后终于你情我愿的有了个一见钟情的好结局。

现在我多么愿意用这样快乐的句子来说这个最俗气又最感人的好故事，让它在日后那些也许不怎么明亮的生活里面照耀着我们，让一切的坚持和对痛苦的忍耐都变得有据可依。

一年以后，也就是两千零二年十一月二十三日，我和小木故地重游，两个人俨然一副老夫老妻的样子，我们坐在台阶上晒了一会太阳，吃了一根样子奇怪的冰棍，但是很甜。

比四惠东更东

从西直门上地铁，在建国门倒一线车，一直向东，一共四十分钟，可以到达四惠站，过了四惠站地铁就会驶上地面，那感觉很奇妙，你感觉光线一点点亮起来，景色一点点从头顶出现，即便是满目的荒草，也让人觉得丰富。车停在终点站四惠东，我总在走出列车以后梳理一下头发，然后走上几层台阶，空荡荡的地铁终点站，望出去，是陌生而宽阔的冬天。就在那冰凌花一样灿烂而没有温度的阳光里面，一个男孩子坐在地上，垂着头，抽着烟，头发挡住眼睛，这个情景总是让我动心，这就是我们美丽可爱的歌特男孩周小木。皮肤苍白，嘴唇鲜红。这个时候，他抬起头来，所有的秘密就一下子从他的眼睛里面开成了大朵的花。

比四惠东更东的地方有一条寂静的河流，一条漫长的铁轨通向不知何方，还有废弃的工地，卖鸡蛋的大妈和卖红薯的大爷，以及骑着公主车飞奔的周小木，之后的背景总是荒草，荒草，漫无边际的荒草。

小木带着我骑车在路上一直地飞，那感觉被我定义为青春。很久以后，当所有的回忆都开始变得脆弱、剥落，那一刻的感觉还是清晰的，就是涌出来的燕京啤酒的味道，一直喷涌向一点点落下的夜幕。

在比四惠东更东的地方，是我喜欢的北京，是我所知道的北京。

阿吉

我见到阿吉的那天，由于时间估计错误，小阿吉在我学校的大门口跺着脚等了半个小时。

我们见面是因为我的一个文章，在一个喝高了的夜晚，我被一种古怪的悲伤纠缠，我写了一些沉醉的字，这些字勾画了我遥远而贫寒的童年和我迷离孤独的现在，阿吉看了这些字，阿吉说为了这些字，她一定要抱一下小花。

那天她真的一见面就抱了抱我，然后我们沿着中关村那些明亮的路走了很远，在一个很僻很暗的小巷子里面看到了一个卖麻辣烫的小摊，那一天我们在那个只有一张桌子的小摊上吃了五块钱的麻辣烫和四块钱的烤羊肉和许多啤酒，那一天我们说了很多过去的事和未来可能的事，一会大笑，一会凝重，一会愤怒。晚上我们一起挤在了我的小床上，晕得乱七八糟，高兴得一塌糊涂。

之后阿吉总是说真好真好，小花这么年轻这么可爱，她说她以前看我写的文章总是觉得我一定是个很深沉很冷漠不爱说话的人，她说她很怕看见一个大姐姐样的人。阿吉这话可真让我开心，我说阿吉啊，小花最爱在写字的时候装孙子了，其实世界上的事情并不是都得那么使劲的想那么要搞明白，其实有时候喝一瓶啤酒抽一根劣质烟开个无聊的玩笑一切就都可以了。我们许多时候把生命弄得太复杂了，音乐依然响起，舞步就不会停止。

和我对北京不一样，阿吉这个四川姑娘在这里总是有那么多的不快乐，风沙太大，饭菜里面辣椒太少。她说学校的老师都太势力，除了收钱什么也不管,所以她干脆从学校里面跑了出来,学费用来在外面租房子住,生活经费一下子变得紧张。现在她总是在为了生活在现实的那一面慌张,生活让人看起来愚蠢,但是阿吉的想像力还是那么明亮。她发短信告诉我说小花啊被子真冷,我真想把自己的骨头一根根塞进被子里面去。虽然阿吉自己的温饱都不确定,虽然她漂亮的西门子 3118 已经处于欠费状态,但是她还是会时常请我去她那里喝白菜汤,阿吉做的白菜汤的确美味,小花过嘴不忘。

艺术这玩意

　　周小木对音乐的鉴赏能力与挑剔程度有时会让人觉得这个人很难接近,谈起音乐他容忍不了一个不恰当的词语,一个不准确的翻译,他收集了 The cure 乐队的一切专集,CD,以及单曲,这事让我们流了好长时间的口水,他给这个乐队挑选了以下的词语:妖艳,华丽,孩子气,悲伤。这些词语让他迷恋这个乐队三年没有改变。

　　有小木的地方就有音乐,有音乐的地方就有用筷子当鼓槌的小木。每当这个时候,我们不能说话,不能胡乱走动,咳嗽也要看眼色。每当这个时候,小木总是最迷人。

　　得到新 CD 的日子特别的幸福,那时候好像另一个世界在朝我们打开神秘的大门。

　　小木经常给他喜欢的音乐写小东西,那当然不算是乐评,那里面没有一个乐评人冰冷专业的脸,那只是音乐带给这个孩子无与伦比不可模仿不可重复的梦境,其中总是充满了陌生华丽绮眩的意想,充满了色彩斑斓的景物,牵动着每一根纤细脆弱的神经。

　　和我谈论音乐的时候是他惟一话多并且最兴奋的时候,有时我们两个都在奋力为正在空气中弥漫的一个音乐寻找一个词语,比如“结冰”比如“黄昏的草原”,当我们两个同时脱口而出同一个词语的时候,我们都会异常的快乐,舒展。也许就是为了这个原因,小木有一天说干脆我们结婚吧。我想了想,也觉得这个事情特别的好,那样我们就

施勇作品《梦太极》

"你们不断地出入那扇门。"

从后面那门洞进来,走了没多久,门不断地发出散架的声音,我不会去理会这些。色彩遮蔽了物品的质地,可笑的年轮根本没人理会。

欲望进入程控室,溶解所有看不见的事物。

我们是的手已经摸不到自己的脸,眼睛还在固执着一个可笑的信念:试图得到身体以外的东西。

夜晚暗示我们可以亮灯,"在不规则的圆里,我们可笑地把自己弄得残缺不齐。"

张卫作品

可以永远躺在一起听最美好的音乐，所以我就说，好啊。下来我们就打算找个风和日丽的吉利日子做一个叫做结婚的好事情。不过婚礼上放什么音乐我们还没有想好。

区别于听觉上的敏感，我对视觉艺术几乎一窍不通，没有一点审美能力，基本上可以称做一个视觉白痴，这一点我总是觉得对不住阿吉，因为我对阿吉画的画，即使我个人再喜欢，也说不出一点专业点的评语。

有一阵，阿吉总是不出来，她一直躲在一个空房子里画画。一个月以后，阿吉带着她的画来了，阿吉画了两个系列，一个是给一个她喜欢的男孩子，那是一组彩色铅笔画，色彩温暖，画面动人（阿吉原谅我，我只能说这些很笼统的话了），每个画上面都有一个短头发的小女孩，还有一条鱼，我不知道阿吉为什么画鱼，后来她诡秘地告诉我，那是因为动物里面她只会画鱼，她还叮嘱我，这个秘密不要告诉别人。在这些画里面,有些鱼在游,有些在飞,还有一些嘴里长出了花朵。另一个系列是用圆珠笔画的一些扭曲叠放歪斜的藤椅。什么别的也没有,只有古怪的藤椅彼此之间错综复杂着,这一组画都有一些我喜欢的名字,比如"有些事情天生就是让人搞不清楚的"什么的。这就是我们身高不到160厘米的长相很日本的可爱的小阿吉,她有时用最梦最软的颜色来表达自己,画里面的那个闭着眼睛的小姑娘就是她,是她在呓语着:我只要一点点的你。这样的画总是让人在被温暖的同时有那么一点伤感,想要流眼泪。而另外一些时候,她却变成了一个狡猾的女巫,用一些纠缠不清的线条讲述极度宁静中没有时间的故事,那些画面总令我紧张、不安。阿吉也有时闹着玩,比如她在左耳疼时,就会画一张画,叫做左耳发炎的原因。在这个画上,一个耳朵上面张了四棵小树,每个上面都有一个笑眯眯的小天使,只是其中一个天使没有栖息在树枝上,而是飞到了空中。阿吉说,耳朵上有四个精灵,掌管着听觉、形状、颜色和健康。现在掌管健康的那个精灵飞走了,所以耳朵就发炎了。

而我,我是一个拙劣的写字人,我是一个固执的梦魇人。我总是带上我的 CD,穿行在城市的大街小巷,寻找我的字,它们隐藏在城市的缝隙,在颠簸的公车里,在陌生人的眼神里,我要去和它们邂逅。这是一种不可言会的快乐。有的人曾经问我说,小花你的文字和你这个人一点都不一样,它们总是那么冰冷,那么怪诞,死亡都没有声音。我说其实我不是个好孩子,我总是害怕,我胆子很小,性情脆弱,所以我要恶狠狠地写一些故事,我要恫吓自己,然后就不会再发抖了。我一直都想用文字创造一个世界,在这个世界里面,时间和空间都被抽空,然后所有的事物都悬浮在苍白的背景上面,这样的空白应当被无限的放大,直到刺伤人们的眼睛,一些人们就在这样的一个世界里面出生,行走,表达,歌唱,隐忍,痛苦,幸福,直到死亡,孤独静谧地演义着生命的玄机。这对于我,是一个漫长残酷的过程,我在书写的过程中总是可以清晰地看到什么从我的身体里流出而什么正在注入。有时我在漫长的黑夜里艰难的书写,并被自己的剧情弄得害怕。这样的时候,我只有大口地喝水,并且把 CD 的声音开大。也有时,我在某个清晰透明的早晨找到了美好的音乐,那时我就想跳舞,之后开始写字,而这一切,都只

是通向另一个世界脆弱的桥梁。

西直门

　　我站在西直门寒冷的空气里面等人。

　　我站在西直门地铁站口跺着脚等人。

　　王小花总是穿着小熊一样的衣服站在西直门的人潮汹涌中若有所思地等人。

　　西直门这个地方总是如此的鱼龙混杂，让我不知所措只是呆呆地看着从地铁这个城市大动脉里面喷涌出来怀抱着各色欲望和想法的人。这样的时刻，没有人不是渺小的。

　　很多时候,我想给西直门写一个漂亮的小说,但是我总是不知道从何下笔,密密匝匝晃动的行人,神色诡秘办假证件的人,乞讨的盲人,以及和我一样等人的人,不知去向的人。每一张脸都不同,每一张脸上都有新鲜的目的。

　　西直门这里卖艺的人自我来后已经换了一拨拨,我不知道以前的那些现在去了哪里,也不知道现在这些是从何而来,就像我不知道他们的夜晚在哪

杜震君作品

　　没想到河水这么快结了冰。好像昨天还是动的,在当下时尚的语中,我隐隐地读出昨天的水就结了冰。

　　一切是我们的幻觉我不甘心,也不想相信。

　　他们的表情和姿势我忍无可忍地畅游起来。

里。我只是看到有时候是年迈的一男一女，男的笛声刺耳，女的歌声嘹亮犹如叫喊，他们是一对盲人，女的手里还拿着放钱的小罐子。还有时候是年轻的一男一女，男的弹吉它，女的唱歌，唱的是三毛的《橄榄树》，大有我的故乡在远方的流浪者的气息。不过更多时候，就是一个拉二胡的盲人，很典型的那种。比较惊奇的是有次竟然是一个吹单簧管的人，吹的是小天鹅舞曲，技术竟然还不错，引得路人回头和驻足。不管怎么说，也不管他们的根本目的是什么，这些人倒给西直门带来了音乐，所以我想，这也是好的。

而西直门那些卖假证件的人，他们的外表看上去毫无不同，他们一般把自己伪装成一个等人的人，逆着人群站在地铁站口，当你从他的身边过的时候，他就小声而秘密地说：刻章办证！刚开始的时候，我总是被这突来的广告吓着，后来就习以为常了。有一次有个人对我说：刻章办证！我突发奇想似地回过头也用同样的语气对他说：刻章办证！于是他就对我笑了一下，走开了。那感觉，好像我们两个在对暗号。而现在我站在这里等人，一样的逆着人流张望，我又和一个卖假证件的人有什么区别呢？欢迎大家误会。

关于西直门，另外我想说的应该就是这里的立交桥。对于从一个交通状况不佳的城市来的我而言，北京的立交桥无疑是这个城市最为奇妙的景观。我刚来的时候总是说不好立交桥这个词语，于是我总是说"那种有好多层的路"，导致周小木嘲笑我很久。现在我喜欢在夜晚乘坐大公车从西直门这巨大而错综的立交桥上飞过，那时我看见还有很多车灯在我上面或者下面的飘带一样闪着光亮的路上流动，和远处的霓虹交汇在一起，这景色如此灿烂，总是令我无比动容。每当这个时候，我总是想，一定有某种巨大的力量在背后引导着一切，不然世界不会运行得这样纵横交错而又井然有序。

M

每个周末我都会这样站在西直门地铁站 A 出口等人，直到两个穿黑衣的男孩走到我面前为止。

其中一个是小木，另一个就是 M。然后我们三个一起坐 375 路一路奔到五道口去淘盘，有时候时间充裕的话我们还会从五道口折到新街口，这里时常也能找到好东西。

而我们的引路人就是 M。

假如看外表，很难想像这个 1 米 87 的男孩竟然比 1 米 63 的我小两岁，就算听说话，M 也有一份超出他年龄的成熟，然而作风却俨然一个好孩子，不抽烟，不喝酒，不干坏事情，比起来倒是我和小木显得孩子气重，我们总是走在路上一直笑一直闹。

M 之所以会和我们走到一起，是由于他和小木具有同样的身份：隐藏在人群中的歌特。当歌特周小木遇到歌特 M 自然立即觉得义气相投。

这个 M 很有点北京通的味道，他总是带着我们走过大街小巷，穿越奇怪的道路，最后可以在某个偏僻的路边找到一扇平常的门，敲三敲，进去以后才发现原来是一个巨大的 CD 库，好些年轻人都蹲在地上正在寻找他们想要的东西，这感觉是如此的隐秘而兴奋。

16 支

16 支真的是一趟很牛的车，它路过我的学校，路过媳妇以前的学校，路过阿吉喜欢的那个男孩子的学校，路过 M 的家，路过阿吉现在和媳妇一起住的地方，路过伟大的五道口和西直门，而西直门是小木回家的必经处以及我们约会的重要地点。

感谢美好的 16 支。并对于我有时由于过于出神的听音乐而忘记买票售票员由于看到我诚实可爱的脸也就疏忽没有查票导致的逃票劣行表示深深的道歉。

任晓雯,获第一届新概念作文大赛二等奖;获第二届新概念作文大赛一等奖;获第三届新概念作文大赛二等奖;获第四届新概念作文大赛二等奖。

46

我只想看看课桌上面这两本不同的书。我来自一个学校,这不重要,哪里都一样。

老祖宗在几千年前就知道尘归尘,土归土,尘土是我们身体的去处和来由。随便把手按在哪块土地上,冰冷也好,热切也好,肯定有个身体曾经在这里消失。

万物是简单的,只是为了一种目的,杂草才会重生。

我看清楚了,这是两本完全相同的书。

阳间

后来我连着好几晚噩梦,梦里晖从后面冲上来猛拍我肩。我想我是幸运的,肩上的灯被扑灭,就必须得有人死。晖一定是走夜路极不小心。

> 泰安聂鹏云,与妻某,鱼水甚谐。妻遘疾卒,聂坐卧悲思,忽忽若失。一夕独坐,妻忽排扉入,聂惊问:"何来?"笑云:"妾已鬼矣。感君悼念,哀白地下主者,聊与作幽会。"
>
> ——《聊斋·鬼妻》

一

小时候,奶奶告诉我:人肩头有两盏灯,走夜路时,灯亮着,暗处游荡的鬼就不敢近身。听见有人叫你名字,千万不能回头;一回头,灯就灭了,鬼就会索了你的命去。

所以小时走夜路,心里害怕,脚下飞快,无论如何也不回头。一次,小男孩晖从背后猛拍我肩,我惊叫起来。我听见自己的叫声,像是从另一个人的胸腔里传出来的,陌生、尖锐。我被自己吓着了。晖愣愣愣站在我身后,呆了半晌,突然"哇"地哭起来。

这以后很长时间,哪怕在大太阳底下,我都缺乏安全感。肩头被晖拍过的地方,一跳一跳发烫。我走路心不在焉、东张西望,脚下还打着绊。在每个楼梯或通道转弯处,都有人要从后面上来勒我脖子,或者用蒲扇一样的手把我肩头的灯扑灭。

后来小男孩晖死了。听大人说,他肺里冒出很多脓水。他被送进医院,吃了很多昂贵的药,还被剃光头发,插满管子,在各种仪器下照来照去。可他最后还是死了。死的时候瘦得只剩骨头,胸部却高高凸起。医生说,那是种怪毛病,医书上没有的。

我见了他最后一面。我躲在很远处,看他胸脯艰难地一起一伏。他妈妈庞大的身躯扑在病床边,她已精疲力竭、倾家荡产。

后来我连着好几晚噩梦,梦里晖从后面冲上来猛拍我肩。我想我是幸运的,肩上的灯被扑灭,就必须得有人死。晖一定是走夜路极不小心。

48

《聊斋》里说:鬼也会死,鬼死后就变成聻。聻很怕鬼,情形约摸就像鬼怕人那样。于是我就想:为什么鬼会怕人呢? 鬼不是可以轻易弄灭人肩头的灯, 让人也变成鬼吗? 我还从这本叫《聊斋》的书上读到,索命的方法有很多种:落水鬼从水里伸出手来把人拖下水;恶鬼附在活人身上,占据活人的躯壳;更有阴险一点的鬼,就让你灵魂出窍、疯癫而死。

不过心怀叵测的,通常是男性的鬼。《聊斋》里还有很多女鬼。她们或美丽、或善良、或者美丽又善良。比如《鬼妻》这个故事:一个人的妻子死了变成鬼,因怕他忧伤寂寞,就夜夜从坟里跑出来陪他。可后来男人的家里人嫌弃女鬼了,就又物色新妇,还在女鬼坟上施法,让她再不能跑出来。

蒲松龄似乎没太在意这男人的态度,只说他"并不敢左右袒"。我想,他也一定巴望鬼妻不再来烦自己呢。一则"妻不如新",二则人鬼毕竟阴阳相隔,每晚搂着个鬼睡觉,就算面容身段再熟悉,冰凉的触感还是叫人后怕的。

于是我想,做鬼不好,做鬼就不能享受人的乐趣;尤其是做弃妇般的女鬼,就更是不好。但没人会同情这种不好。人鬼不同界,或者说,鬼属于一个更脏、更低贱的世界,善男信女们完全可以心安理得地漠视。

《聊斋》里有《聂小倩》，我读了印象很深。后来长大才发现，对这故事感兴趣的大有人在。聂小倩是二十世纪的明星，她被搬上荧幕，制成各种各样节目。导演们找来风情各异的美人扮这多情女鬼，再把特技镜头使得天花乱坠，最后夸张的催情故事，非得逼下观众们的廉价眼泪。

接着是小说家们，把故事改写一遍又一遍：有人把聂小倩写成妓女，也有人把宁采臣塑造为无情无意之徒，还有的，再加上另一个男鬼或女鬼，让他们来个人鬼三角恋。在某位先锋小说家手里，后现代版的聂小倩成了浓妆艳抹的时髦女郎，套着黑色网眼丝袜招摇过市，而宁采臣则是花花公子，每晚骑摩托上街勾搭女青年。

我试图想像二十世纪的聂小倩，这种想像依据心境和各类突发奇想而变，因此在我心中，小倩的形象始终无法确认。人只有一副面孔，鬼却可以有很多。鬼在每次轮回中，都拥有不一样的肉体，变成不同的人，甚至是动物。这许多存在的可能性，禁不住人浮想联翩。所以即使不确认，我还要不停地想像。

我揣摩了所有关于聂小倩的现代作品。我不喜欢王祖贤，腿儿长长、嘴巴宽宽、眼神一飘一飘。小倩该是极致的美，而王祖贤不是，在世的任何女人都不是。当我们说到极致，事物就变得无法表述。极致的美、极致的丑、极致的善与恶，都不能用具体形象或事物来呈现，它们属于某种信念，永远只是无形的，不可测的。

二

晖是我的童年小伙伴，说起来我们两家还有些渊源。他妈和我妈是远房亲戚，而我爸和他爸则是业务伙伴，我爸批发倒卖些小物件养家，他爸是长途司机，有时他们就搭挡一起去外地。晖死后一星期，他母亲就在家里上吊了。我没见到当时场景，但那一定很恐怖，像鬼书里说的：眼睛翻白，红舌头拖得老长。女人被抬出来时，我只站在自家门口。二十米开外，我看见她衣服一角被风撩起，还有一只手，指头灰土土地卷成一卷。

死了儿子又死老婆，还欠了一屁股债，晖的父亲躲在门后面狠狠抽烟。后来听说他抽起一种比烟更厉害的东西，再后来他就

陈邵雄作品《对不起,太方便了》

随便什么都可以端上来。

建筑城市的人,消费城市的人,给城市制造新闻的人,在城市里老去的人。所有的人都在这些时刻向往另一座宁静的村庄。

"我们继续在城市的入口里熟视无睹地把一座城市给逛完。"

坐牢了。

据说是很多穿制服的人把他抓走的。那天我正在上课,放学后才发现小伙伴家的屋子空了。那晚我做怪梦,梦见晖,他站在一级悬空的台阶上,要来伸手拍我肩,我不答应,他就哭起来。我安慰他。他又突然不哭了,拉着我的手和我说话。

他告诉我,一次开车到外地,他爸爸撞到一个农村女孩,那女孩当时并没死,只是压伤了手脚。他爸担心赔不起钱,就把她活生生扔进了旁边的一条河。

这是报应,晖说,她是活活淹死的,现在要来索命了。

我被吓醒,晖的胸开始气球样地鼓起来,喉咙口"咕咚咕咚"向外冒泡。

"这是日有所思,夜有所梦。"妈妈说,"昨晚电视新闻里就有这样的事儿,我担心你是看多了。"

她把哭个没完的我拉进怀里。妈妈的胸,热的、暖的。我躺着很舒服,就不再想晖了。昨晚电视新闻里,记者指着一条脏兮兮的河说个没完,旁边围了不少人,个个很愤怒的模样。很多人淹死了,很多人还活着。但这都和我没关系。我只想着晖,他就站在我身后,他在冒气泡,他要来拍灭我肩上的灯。

"妈妈,妈妈,人死了会到哪里去?"

妈妈轻抚我背:"人死了要到很远很远的地方去。"

于是我愁苦地想那很远的地方。我知道它在地图上找不着。地图是给人看的,所以鬼去的地方地图上没有。晖该走出很远了吧,他为什么还要来找我。晖和他的爸爸、妈妈生前是一家,死后该是发配到不同地方去吧。那些地方都很远,但是在不同方向上的远。道路分岔,归宿不同。他们喝下孟婆汤,就互相忘记了。

"妈妈,你会忘记我吗?"我抱紧她。

"说什么呀,你在,"她笑了,"傻,傻丫头。"

"我不要到很远很远的地方去。"

"不会的，"妈妈把我整个人轻轻摇晃，"无论你到哪里，妈妈都会找到你。"

后来爸爸告诉我一件事：在我很小的时候，一次吃错药，被送到医院时已不会哭、不会闹，两眼直愣愣，满嘴白沫子。医生们都说这孩子保不住。可我妈却不相信，她没日没夜守在床边，一直握着我的手，哪怕是趴着睡了也那么紧握着。后来我竟真的醒转来，两个月后健健康康出院。

用奶奶的说法是：我的魂没跑掉，因为被我妈守住了。自那以后，妈妈吃饭时抱着我，睡觉时抱着我，把我紧贴胸口，一步也不离。就这样，她一直抱到我能爬能走能说话。

这事我听说过很多遍，爸爸说过，小姨说过，奶奶也说过。于是我就信了妈妈的话：无论我到哪里，妈妈总能把我找到。每个妈妈都是子女的守卫者，能守得住魂，当然就守得住身。

妈妈确实有能耐，她能把我从任何隐秘的藏身处揪出来。比如放学调皮，无论在哪条七绕八弯的巷子里玩，妈妈总能双手叉腰，突然横在我面前；她还会跑到我同学家窗下喊：丫头，吃晚饭啦——嗓门亮得隔两条弄堂都能听见。

偶尔妈妈没来找我，可能是加班或者别的原因。我就在家附近的小弄堂里玩，直到最后一个伙伴也离开，我仍舍不得走。

如果天不暗，我就能一直这样玩下去，泥巴、蚯蚓、弹弓和树枝。但天还是暗了，光线没了影，一片阴森森的墨蓝从脚下泛起来。于是我一个人往回走。我爱把窄小的弄堂想像成巨兽的肠胃，我甚至感觉到它们在我脚下蠕动。这时我就害怕，就开始想念妈妈。我只在需要时想念她。我飞跑起来，越跑越害怕。晖会突然从哪个角落窜出来，扑灭我肩头的灯；还有他妈妈来到我面前。

这时我就想起我的幸福。我高声喊：妈妈——那扇叫作妈妈的门就开了，橘红的光亮把我一下裹进去。

三

　　我至今记得晖临死的样子,他整个脸都在浮肿。他母亲伏在他身上,已经没气力再哭。她嘴角瘦出一圈圈的皱纹,眼睛里全是血丝。

　　晖的妈妈曾是个很凶的胖女人,我帮着晖一起恨过她。但看见那女人软绵绵地伏在儿子床边,我就开始犯糊涂。在我印象中,做妈妈的天底下最凶狠,她们不让你尽性吃、尽性玩,她们审查你的每个朋友,缠着你做完每本作业,并且最最见不得你开心。

　　从医院回来,我紧拽自己妈妈的手。走两步,就抬头看看她。

　　"看什么看。"她说。

　　我仍偷偷看她。我第一次发现她的体香,头油和护手霜,夹杂冬日绒线衫的味道,淡淡的闻着很暖和。

　　平日里,我并不十分喜欢我妈。她的衣服有油腻味,她扇在我脸上的巴掌总是很重。相对而言,我喜欢好脾气的爸爸,还有爱说故事的奶奶。

　　如果有人问我:喜欢爸爸,还是喜欢妈妈。

邹建平作品

我就大声说：我喜欢爸爸，不喜欢妈妈。

我很得意让她听见，这时她的脸色总是很难看，并在围兜里来回搓她粗糙的手。我不怕她，问我问题的叔叔阿姨会保护我，他们笑道：小孩子嘛，不懂事，说着玩儿的。

我是认真的。我只偶尔喜欢我妈，比如想起幼年生病将死那件事，或者半夜噩梦惊醒被她抱着。妈妈应该是温柔的、百依百顺的。可我的妈妈却脾气暴燥，说话尖嗓子，笑得很大声。最令我难堪的是她一边晒被子，一边和邻居讨论我的尿床。在这时候，我就恨她。为了报复，我把我的蚕宝宝放进她煮菜的锅里，当然事后是挨了打的。

这都是童年的事了。妈妈在我十岁上过世。那是个星期天，她一早出门，说要买菜，中午时分却在一棵桑树下被人发现。菜篮子甩在十几米外，刚买的鲜鱼还在地上蹦。

这条路平时极少有人走，去菜场也不会路过那里。邻里传得厉害，有人说我妈是用她的命偿了我的命——我幼时吃错药那次，阳寿就该尽了的。但更多人相信另一种说法，那就是我妈白天撞见了鬼。

奶奶在屋里念了很多天佛，爸爸和小姨给妈妈折纸元宝，还盖了纸房子。他们把纸元宝纸房子统统烧掉，还请隔壁老头来念了两天咒。据说那老头有些仙气。我横看竖看，除了他的满脸老人斑，什么都没看出来。

"宁可信其有，不可信其无。"爸爸说。

他那么说着我就哭了。我从没想过妈妈要死，更没想过自己会如此难过。

晚上翻来覆去睡不着，流泪流得眼睛疼。这时我就看见妈妈坐在床边。床上铺了条暗黄格子的床沿，她的大屁股在床沿上压出一个浅浅的轮廓。妈妈来抱我，还把我摇来晃去。我闭眼躺着，舒服极了。

以后妈妈就再不能抱你了。她说。

于是我又流眼泪。

妈妈把我放回枕头上，然后把那条暗黄床沿掀起来。我发现那下面铺满新鲜桑叶，水珠在月光下滴溜溜转，好闻的植物味道散得满屋都是。

"妈妈给你采桑叶了呢，够你那窝蚕宝宝吃的了。"

桑叶不断往外冒，铺满整个床，还涌到地板上。我盯着它们看。桌上的小盒子里，我的蚕宝宝们饿得"嘶嘶"叫。我跳下床，跑过去喂它们。等我突然想起，妈妈早已不见了。

第二天我把这事告诉爸爸。他拍拍我脑袋，把我抱起来。我知道，他并不相信我。他宁愿相信桑树上的索命鬼，也不相信我的话。

"日有所思，夜有所梦。"爸爸说。

可我并不是做梦，我看见妈妈了。她坐在床沿上，抱我，她的头发从脸旁垂下来，月亮光给她打出个金亮亮的轮廓。还有盒子里的蚕作证，它们吃得饱饱的，肚子大了一圈，身子长了一截，有两条还结出了蛹。

但慢慢地时间过去，我就想不确切，那些作证的蚕们也早死了。我开始怀疑自己的记忆。但无论如何，那条变出很多桑叶的黄布床沿我还收着，我相信妈妈的魂附在了那上面。那块布是她出嫁时带过来的，本来做窗帘，但后来我老爱穿脏裤子坐上床，她就把它改成床沿，好让被单始终保持干净。

我长大后买了新床，就把那布藏在樟木箱底。二十岁时搬新家，那口箱子在路上突然就不见了。

"反正里面都是些没用的旧东西，就让它去吧。"爸爸说。他数了数卡车上的重要家具，一件都没少。他放心了。

我心不甘，又把搬家车走过的路重走两遍。那口樟木箱是真的掉了。那以后我再没梦见过我妈。我想她是留恋她住了大半辈子的老家吧，所以不愿搬走。

[左茶 1987 年 1 月出生，高中学生。现居大连。]

关键词
催　眠
35　度
太　多
　　走

可现在我很少会走到外面
终日在房间里　像发霉的植物

没有嘉年华和 Fan 的离开？
今天去了星海广场
冷冷清清　一堆机械堆在地上？

没有嘉年华和 Fan 的离开

催眠

凌晨 2:15 空调 21 度　窗台上的芦荟沉睡　窗外中雨

肖邦终于是让我在一个人的夜里哭了　不止一次的

然而让我怎么开口告诉你　这只是个开始

我不说我是要寻找　只是漫无目的地游离　在羽毛坠落的瞬间　才明白自己　想要的不仅是寻找　于是继续地游离

不怀念的　就不会忘却

我说不要再睁开眼睛　就在月光倾洒下之前　坠入梦境　一起催眠

2004 07 06 星期二 35 度

太阳那么大　你就笑着说　太阳始终那么大

忙忙碌碌　追求些什么　遗忘些什么　得到了什么　丢失了什么　就在这里　什么都不是什么了

你说你说爱你就是几秒钟的事情　可是邻家的猫猫出走了　要听它回来　听你说爱你　会是什么时候的事

我说什么时候下雪？　你就给了我一支冰冰　都差不多的　我没对你说你是笨蛋　就是都一样的了

屏幕是蓝色的　鼠标是白色的　头发是黑色的　曾经是茶色的　太阳出来了不一定要起床　太阳没出来不一定不起床　失眠了的人是黑色的

我只是想说些什么呢

经常地会一个星期写不出一行字

然后又在某天半夜起床用电脑写出近万字

然而它们又只是稚拙

我便重复着这个无奈的过程

我只是一个小孩子

真的

我的愿望也只是幼稚的小孩子才会有

我真的只是希望能够有一个男人很珍惜地对我　很疼我

甚至是有点病态地去爱我

我只是希望有一个男人能够永远地像对小孩子那样地对我

可是我没有办法抗拒将来的成长

我用 Opium 喷湿了发根去见林　然后他说我不喜欢你的香水

我就在风中抚摸自己的手指　被吹起的长发　散发着寂寞的迷幻
香味

身体永远都是自己的

我不知我的排斥会持续多久

我真的什么都不会不会处理不会理解

我真的是不会生活的　但我又很懂得生活

也许我还是最适合被别人养起来　不用接触不喜欢的东西

就像个小孩子　没有责任的

可是又只是个梦想

又没办法做到没心没肺的一直快乐

所以我总是矛盾的郁闷的偶尔的快乐一下

可是没有人能够给我

这样的那样的我想要的生活

自己还是自己的

都是爱我的人的

然而爱不需要理解

我却希望被别人了解理解肯定还有爱

吸血的有毒的植物不喜欢阳光只要潮湿阴暗

我在试图找一片土壤种植我的花草 也许它们永远都开不出花朵

但是一旦绽放　便会光华四庭

我多想跳到灯光幽暗的舞台上给你唱 Eyes on me

看着你的手指你的眼睛你的头发

我爱我的手指如同爱我的身体

它们又都是伤痕寂寞

我想像一个孩子那样永远地在你的怀里蜷缩成一团

春天的夜晚

你在某个地方做着什么?

太多

太多的烦恼　不过是自寻烦恼

太多的欢喜　不过是自我安慰

太多的英语　太多的数学　太多的习题

太多的叛逆　太多的伤感　太多的想念　太多的爱与不爱太
多太多太多的纠缠

我不喜欢纠缠　一点都不　可还是　还是这样地纠缠下去

太多的眼泪　太多的沉默　太多太多的抗争　太多的计较
太多的不划算太多的分开　太多的见面

太多的欲望　太多的我们自己的自大和自卑

我不能够继续这样的承受　就好像我总和爸爸的争吵　事
实上　我只是沉默烦躁　不知如何是好

太多的考试　太多的分数　太多的在不在乎　太多的谎言太
多太多的背叛

太多的拖沓的文字　太多的空白　太多的孤单　太多的自恋
太多的我行我素

太多的斥责　太多的赞赏　太多的默认　太多的太多

好孩子

伊芙泰勒说　好女孩上天堂　坏女孩走四方

我在给 Johnny 的信里写着　我还不清楚自己呢　不算太好　又不太坏

那就既上天堂又走四方吧

可现在我很少会走到外面

终日在房间里　像发霉的植物

Duo 说看见我甜美微笑的时候觉得危险　其实那时我的心最平静

Dorothy　我想　我是可以走的　走到北京　然后看看你　去和你睡同一张床

虽然对我来说　北京是个让我感觉非常拥挤喧闹的城市

可是城市是城市

你是你

如果可以　我会把自己的画送给你　可是我再也画不出来了

英语考试的时候　我那些自认为很好的文章　统统是不及格

去他妈妈的吧　我说了一句　被主任听见　罚我半个小时在走廊里站着

我的手指总是冰冰冷的

邢娜,生于1982年。天津人,毕业于天津某大学语言系。曾用笔名满满、小蛮,作品散见于《青年文学》《天津青年报》《非音乐》。

关键词：铁路　好玩　火车　十年

铁 轨 生 活

这么多年了,为什么还是改不了呢? 我们在一起看碟的时候还是会哭,走路的时候还会情不自禁地唱歌,再十年以后呢? 我们的面孔会变成什么样子呢……

　　小邢的家门口有条铁路,也就是说他总是能听到轰隆隆的火车穿过他的生活。而小邢最喜欢的地方就是火车站。他去过的地方很多,但大都不是很远。所以,每次站在火车月台的时候他就在想,这是一个起点,也是一个终点,他永远也找不到另外的终点,这就使他对这样的铁轨生活感到有些厌倦了……

　　睡梦中一阵火车的轰鸣声把小邢吵醒了,他翻了个身,再度睡去。说实话,他已经很习惯这样小小的噪音，但是他的女朋友菲菲总是会抱怨，好在她也不是经常会留宿，要不失眠的就是小邢了。火车依旧汽笛长鸣，生活还是得这样继续下去。

小邢没有工作，好像是很平常的事情，没工作的那么多，也不在乎多他这一个，况且他也从来没有工作过。父母死得早，好在还有个能挣钱的姐姐，每月按时寄来2000元钱，除了缴房租、买烟、吃饭以外也就剩不下什么了。他对物质的要求不是很高，也就可以这样心安理得地生活着。菲菲长得不难看，可也谈不上好看。在家小公司里做出纳，于是她总是喜欢将小邢的生活数字化。

"知道吗？今天是我们在一起第100天的日子。"菲菲冲小邢笑了笑，他知道这笑意味着什么。于是，他扭开了音响，低迷的女歌者哀怨地唱着，有些事情正在开始……

菲菲睡了，也不知道她的失眠是否真的可靠，女人的话又有多少可以信任的呢？小邢有些累了，可他还不想那么早的睡去。他点了一只烟。黑暗中，烟头忽亮忽暗，泛着红色的亮光。这时候，一阵汽笛划过，有些突兀，却很适时地让小邢调整了一下。向右，侧身。将压在菲菲身下压得有些发麻的手臂抽出。她也翻了个身，却没有醒来。

小邢喜欢游泳，于是他总是喜欢一个人去家门口的游泳馆。带上本书，还有瓶水。游累了，就坐在池边看书。整个夏天，就这样被他游走了。没有红眼病。没有皮肤过敏。没有艳遇。渐渐，小邢又找到了另一种乐趣，就是蹲在铁路边看火车，这好像成为他生活最重要的一件事情了。他想像着自己也像火车上的那些货物一样，从一个地方到另一个地方。没有思想，没有灵魂，就这么着，多好。看看手表，七点零三，该回家了，菲菲说好了会来，应该会带回来他喜欢吃的烧烤吧。

"我带你去个好玩的地方。""什么地方啊？""去了不就知道了吗？"吃过饭，菲菲被小邢拉到了铁路边，"这有什么好玩的？"菲菲用手扇着围绕在周围的蚊子，有些不耐烦的样子。"没啥。"小邢没有再说什么，而菲菲的脑子里就只有那部有意思的电视连续剧。从那以后，无论做什么，小邢都是一个人去做。游泳、买书、淘碟还有看火车。

看得久了，渐渐地，通过火车的汽笛声，就可以清楚地判断准确

王宁德作品《就这样》

进入和出走是两个重大的命题。总是可以遇见不同的人，最终搭乘同一列车，去填充另一张画面上的人物表情。

没想到会是如此孤独。硕大粉红的花朵开在生活的印象里，含蓄的花蕾轻含自己的嘴唇，我最了解那种"含"的心境。

"从这张画走出来，进入另一张画，中间总会有脚印。"

切的时间了,但是时间对于小邢这样的人,有什么重要呢?但是不可否认的是,他是爱菲菲的。虽然有时候,这姑娘的想法比较单纯,但是她从来也不会过问小邢的生活,她快快乐乐地来,快快乐乐地走。可有的时候也会说,小邢啊!什么时候我们有钱了,就买个离铁道远点的地方,这样我就不失眠了。可她啥时候失眠过呢?

很多次了,小邢坐在铁道边,看呼啸的火车,他对自己说,嘿,小子,冲出去吧,冲出去你就能走出这样无聊的日子了。他看见儿时的母亲在昏黄的灯下削着一个青青的苹果。他有些哀伤,"妈妈……"呜——又被打断了,可是他还是没有勇气走向那通往母亲怀抱的路。"这城市中,一定还有很多事情等待着我去做的。"小邢对自己说着,可是温柔坚硬依然。他比平时早半小时回到家,等着菲菲,可是时钟滴答滴答,他居然有些想念她了,可是他还固执地没有给菲菲电话。

小邢在想,菲菲一定是有些事情耽搁了,可是一个星期,二个星期,三个星期……小邢也适应了,终于没有人抱怨他的火车,还有热水器里的水是否温暖。他还是依旧去看火车,遥想着他们的最终归宿。

某个毫无预兆的午后,小邢收到一张没有署名的明信片,上面印有一架要起航的飞机。字体凌乱不堪,可小邢认得。"我走了,是坐飞机走的,因为我一直都不喜欢火车。"

故事到这里应该结束了,但是我想告诉大家的是我所看到的,一个男孩坚定地冲向一列奔驰着的火车。我之所以记得,是因为,这是我所见到过的最奋不顾身的爱情。

十年：
我跟我最好的女朋友

我会把我们在一起的十年用片段的形式表现出来，我们触摸着我们的青春的同时，也在感受着真实的成长。

读初中那年，我刚好十三岁。萌萌在我的隔壁班，她是班长，而我只不过是个小小的课代表而已。开学没几天，便知道了她的名字。记得她有条白色的修身休闲裤，给人的感觉很高挑，她还有一头及腰的长发，每每转身，总是会给人很惊艳的感觉。不得不承认，她是个很惹眼的女孩子。

我们真正在一起还是在初中二年级的时候，我们俩被分到了同一个班。有次，我送给妈妈的康乃馨被班里的男生弄散了，她居然很好心情地过来帮我扎好。我们的友情就是从这一束花开始绽放的。我知道，她其实是个很细腻的女孩子。

为了她，我跟我最好的哥们弄掰了。我把一块脏脏的抹布扔向那男生，结果我们得到的是一大盒的粉笔头一下下砸在我们俩的身上。我们很不争气地抱在一起痛哭流涕。那好像是我们最丢人现眼的一次。

我以前经常去她家，吃她爸爸包的果脯粽子。她会经常跟我抢饭盒里的妈妈做的大肉丸子。我们都是那种对美食很敏感的人，而且我们一直抱着一颗不怕胖的心理去勇敢地尝试。我们还是那种零食癖，最爱的无非是天津的特产小宝栗子，还有种很粘的杏肉，好吃得不得了。

初中毕业了，我们去了不同的学校。不过每天早晨我依旧到萌萌家门口等她一起上学，她先把我送到学校，然后才去上学。我们的友情一直在路上陪着我们。后来，我读大学到了另外的城市，而萌萌依旧在天津。我们靠着电话跟 QQ 联络，后来的后来，我独自一人到了北京，她还是留在天津。

每次回天津，总是会找萌萌出来聊天，我们最喜欢去的地方是有意思。那里有最 Q 的珍珠奶茶,我每次都要叫上两大杯。我们身边都有了很体贴的男朋友,他们会很细心地让我们少喝点饮料,可我们两个小女孩还是喜欢吵吵闹闹,大喊大叫。

　　一晃就是十年了,前段时间听《十年》听得有些入迷,听着听着就想起了萌萌。我们都是那种脾气很坏,看得见自己优点看不见缺点,固执而且又有点自以为是的家伙。这么多年了,为什么还是改不了呢?我们在一起看碟的时候还是会哭,走路的时候还会情不自禁地唱歌,再十年以后呢?我们的面孔会变成什么样子呢……

十年女朋友中的关键词

　　X华中学 天津市第一所私立中学。一座很破败的楼,只有小小一个篮球场大的院子,教室里偶尔会有小老鼠来捣乱。学校周围很静,不远处的海河公园是我们最喜欢去的地方。那是我跟萌萌十年友情开始的地方。这里珍藏着我们最初的关于青春的记忆以及对美好爱情的想像。

　　席娟 那大概是在 1995 年的时候,我们为了显现出我们的另类,坚决不看琼瑶阿姨的书,却迷上了同样是言情小说作家的席娟。她的故事中隐约流露出的时尚跟小资味道是我们所钟爱的。萌萌一度深陷其中,甚至把自己的笔名都改成了"幻儿",一个可以穿越时空的美丽女子。

卡拉 OK 前几日，萌萌过生日我们在东方之珠唱得昏天黑地，真没有见过比我们俩更爱唱歌的女孩子了。《我是女生》、《哥哥妹妹采茶歌》、《十七岁那年的雨季》，我跟在场的哥们夸下海口，这里的歌我们唱上三天三夜，估计也唱不完的。我知道我们在长大，而卡拉永远 ok。

麻辣烫 + 大饼炒鸡蛋 路边摊中，我们最爱的选择。往往下了晚自习，我们便去琢磨着去吃点什么。摸摸口袋，只剩下不到十块大洋，两套大饼炒鸡蛋外加五块钱的麻辣烫，在多年以后，我孤身一人在异乡的街头寻找吃的时候，总是会想起天津的大饼炒鸡蛋还有那时候的那种穷酸。

打电动 这应该是我们最喜欢的游戏了，往往暑假的时候，为了避暑我们总是会在游泳以后躲在游戏厅里。最早的时候应该是在翔云百货（应该是这样写），后来滨江跟华联的大型游戏机开始多了起来。我们最喜欢的就是找错误跟点歌机。在点歌机前，我们经常一坐就是一下午，什么也不做，什么也不想。想想那时候真的是好开心。

电台情歌 萌萌当时最大的理想就是做个 DJ，我对这个感觉一般，除了偶尔喜欢听听相声以外几乎就没了，可萌萌不一样，她想做的话，就一定会做到。在电台做客座主持人，一做就是一年多。后来，我到了外地读大学，偶尔会从电波中听到她的声音，觉得很温暖，像是换了种方式跟我说话似的。

我不喜欢你，为什么要和你在一起呢？

关键词： 脱 人体 狂歌乱舞 男人

小心肝儿，原名杨莎妮，1980年生于南京。毕业于南京艺术学院，青年扬琴演奏家。

牢骚三篇

脱不脱？

前些天看了一场"新视听民族音乐会"，乖乖，台上的女孩个个穿得像流行歌手一样时尚，吊带裹胸，露肚露脐，腰扭得比水蛇还勤快。

民乐也开始脱啦。好兆头好兆头。

好多脱衣服的场合已经见怪不怪。商场门口的内衣秀，售楼小姐的肚兜，卖车小姐的超短裙，以及饭桌旁几近全裸的人体彩绘……

似乎，只要披层纱就不算色情表演。

还能怎么脱？还能脱什么？

可是又想不通了，为什么要脱？脱给谁看？

女人看女人，意义大吗？澡堂里转一圈，一目了然。再说女人看女人会有什么生理反应？那么，只是为了男人而脱？这种说法定会激怒许多人。女权主义者大有人在，自诩正直，号称柳下惠转世的男人也不在少数。似乎大家对裸露都很反感，可是，您别说，穿得多点儿和穿得少点儿效果就是不一样。

就像那场民乐音乐会，一般情况下，不少听众都会嫌民乐拖拉冗长，可这次"新视听民族音乐会"，居然有观众说，"咦，都结束啦？太短了点儿吧。"一副意犹未尽的模样。这多好，演出服的布料也省了，观众的兴趣也被吊上来了。

脱的好处在于吸引眼球，调动某些人的积极性。更何况人体美是美学的至高境界。让百姓在茶余饭后，进行美学的修养教育，于个人于社会，都是大有贡献的。

好吧，为了某些目的，该要脱时就要脱。只是，秋风乍起，当心着凉。

关于帽子

真的很喜欢买帽子。

看过一张碟片叫《电子情书》，女孩儿在给别人的邮件里，这样写道：看见一只蝴蝶飞出地铁站，是去逛百货商店吧，去买她这辈子戴不着的帽子，虽然，大多数帽子的结局都是如此。

同感同感啊。

冬天呢质的卷檐帽，与手套围巾成套的毛线帽，春秋时的各种色彩图案的棒球帽，夏天的草帽，宽边遮阳帽，还有圣诞节红色尖顶的小魔女帽，现在挺流行的贝雷帽……

可是我不喜欢戴帽子。

可是我为什么要买呢？

就像，我不喜欢你，为什么要和你在一起呢？

你是温暖的冬帽，呵护柔软，可是进了屋子，你又是那样多余，而把你摘下，被压扁的头发，实在有损形象，所以我把你珍藏。

你是宽宽帽檐的草帽，为我遮住了照在脸上的炽热阳光，可是你无法遮住我裸露的胳膊，和短裙下的双腿，苍白的脸，健康的四肢，实在不协调，所以我把你珍藏。

你是最流行的帽子，我总是在第一时间里，把你抢到手，捧在手里,突然觉得你实在平凡,所以我把你珍藏。

你是圣诞之夜的小红帽,与你吹酒瓶,倒计时,狂歌乱舞直到天亮。可是第二天若再戴着你,就十足像个大傻瓜。所以我哦把你珍藏。

看来,真的没什么帽子适合我,虽然我戴着帽子还挺漂亮。

那么就别用什么帽子来套住我的头吧。

GET OUT

又得去染发了。新长出来的一截黑色与下面的金黄色,已泾渭分明——迫在眉睫啊!真不懂为什么要染头发,可不染吧,顶着满头青丝,就觉"土"人一等,满眼的时尚杂志,明星海报,谁的头发不黄黄红红的?

时尚的东西,你无可逆转,你无可奈何,望着一堆去年买的黑色衣裙,怎么处理啊,谁会想到今年就流行起了白色,粉色,冰淇淋色?

波西米亚,靠!靠边吧。今年最好把自己打扮成美丽的小女工,裤子裙子上的口袋多多益善。夏天嘛,那些毛茸茸的,带流苏的包也可以打包了,草编的藤编的,才能成为你出门时的伙伴。

陪你出门的男人,也不用那么帅了,不用那么酷了,谁愿意和木头桩似的陆毅,面无表情的周杰伦站一块儿,累不累,闷不闷啊?

他应该会神侃胡聊,段子连篇,逗你笑到花枝乱颤。吃饭得在三星级宾馆以上,别心疼他的钱,他有的是钱。开的房间起码四星,有冰箱有吧台。还能收到 channe V,休闲装,网球装,家居装,西装,成套的搭配,成套的品牌,各种场合运用自如。对你些许的体贴,些许的温柔,些许的小口角,些许的小抱怨。不太冷不太热,有点儿甜,有点儿酸。天哪,有这样的男人吗?

看吧,对男人的要求,都会不停地变化,不停地淘汰,那么,还有什么不会被 GET OUT 呢?

今夜未眠

李宜修

关键词
麻将
沉浸
漆黑
春天

修拉，原名李宜修，1985年出生，现居深圳。

我沉浸在记忆河域里。记忆和影子是我一辈子无法摒弃的东西。尽管有时它们会被覆盖或隐匿。当夜深人静，它又是如此鲜明活跃地出现，将你吞噬。

因某个不足以挂齿的原因，我住进一个极度厌恶的环境里，我想这算是逆境求生吧。晚上，从饭后的时间开始，直至入夜甚至天亮，除了窗外不断有汽车驶过马路轰隆的声音，还有女人的大声喧哗、吵闹、狂笑声。但最多的，也是我习惯的麻将声。

我不喜欢也不会打麻将，亦不明白这四人面面相觑的游戏有什么吸引力能导致女人为它通宵达旦。在那些夜里，躺在床上，听着窗外车子呼啸的声音，听见清脆的麻将声，还有男人女人算钱消遣抱怨的声音，我睡不着，坐在黑暗里，任凭这些声音在空气里专横跋扈，涌进我的听觉里，破坏大脑的宁静。有时我会变得暴戾不安，把窗户关得紧紧的，把门堵得实实的。但隐约间还是听见它

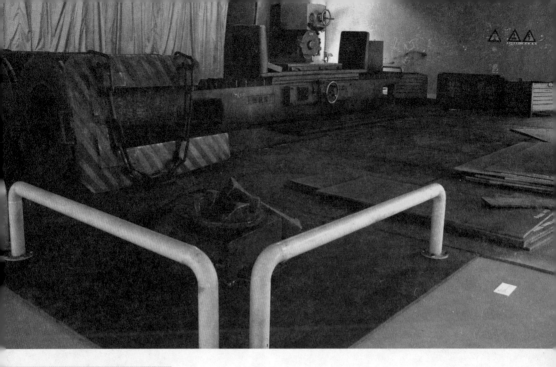

庄辉作品《家》

"这是你们给我的家。"

所有的东西一应俱全，床、沙发、电视柜、整理箱。我都看到了，感谢你们。

某天的一个卜午起来，我退着走出房间，站在墙的后面，惊恐地看见了家里的一切，很多禁上的标识才让那堵墙存在下来，其他墙，被病毒消灭。

"光线过来，它阅读着制造商的机器。"

们的存在。

而且是变本加厉，向我宣告它们的无孔不入，无处不在。

安静被彻底破坏，绝地抵抗也是无谓。无法思考，不想说话。大口大口地喝水，听见水流进嘴里的声音，听见喉咙吞噬水的声音，听见鼻子因过猛喝水而变得粗犷的呼吸声。知道自己还活着。这些声音惟一的好处是一种安全，让你知道黑暗里不是一无所有。黑暗以外，生生不息。

在这些夜里，我沉浸在记忆河域里。记忆和影子是我一辈子无法摒弃的东西，尽管有时它们会被覆盖或隐匿。当夜深人静，形影单独时，它又是如此鲜明活跃地出现，将你吞噬。

往事,是俗事,没有任何神圣和独特存在。平凡的人平常的经历在平淡的生活里重复地上演,没有遇到大的转折或改变。芸芸众生里任何人都有自己的生活记忆。那些大肆喧哗、吵杂的女人,她们也只是在抵抗寂寞无聊,利用麻将来消耗多余的空虚。任何人在被回忆侵略时,选择都不同,她们选择逃避和排斥,我则选择接受和服从。

　　想起,有一个人对我说,你应该去接触别人,了解她们,至少你不会再怨恨她们。

　　不,我并不是在抱怨。这些人和声音让我产生一种不能忽视的心态。在逆境里,我试图知道自己忍受的极限可以到何种程度。有时,我甚至认为这是生活要我回忆而刻意安排出来的剧情。我顺应天命。

　　这样的失眠状态,带来的是空洞的胃在黑暗里嚎叫。因为懒,只有在漆黑一片中摸寻一个纸盒,从里面拿出火机和烟。点燃烟的瞬间,在红光里看到的是熟悉的景物,像一张历史悠久的发黄的老照片。仿佛自己是从未来回到这儿来回忆的。曾经,看过一部电影,女主角在黑暗的噩梦中醒来,从窗外投射的微弱灯光里看到她惊慌的侧脸,滴着晶莹的汗水。由于惊吓过度,她慌忙地在床头找到烟,企图用烟来舒缓自己过度紧张的神经。在她点燃烟的瞬间,红色的火焰让她的脸清楚地出现在灰黑的屏幕上,瞬间的表情是一张急于寻求依靠的脸。然后她回到了梦里。在梦里,她看见自己在噩梦中醒来,惊慌失措地抽烟,忽略房间被煤气弥漫,点燃了毁灭。

　　所幸,我在黑暗里点燃烟时是清醒的。但每次都会

庄辉作品《家》

想起那个场面。如果和那女主角一样，不免太过意外了。意外上了报纸头条：十九岁少女在凌晨 X 点点燃煤气自杀，造成严重伤亡，大火在………后面还会遭到谴责、谩骂，连辩解的机会都没有。一切现实在大火爆发的瞬间消失了。

有时，会想起某人，心血来潮想和谁打个电话或发条短信。但在这猛兽都寐息的时间，做这事往往先是恶骂一顿，然后被嘟嘟的声音拒绝。要不就是对方无可奈何地哀求"有事明天再说行不行？"

看过一张海报，很有创造性。感觉作者是个幻想家，记下他的手机号码。在逆境的时间里，打了。接电话的是把慵懒的女声，还有男性嘟囔的声音，没来得及反应过来，对方已经挂了。幸好对方挂了。为了报复这些失眠的夜晚，天亮后总是开始痴睡到夕阳西下。看尽日出日落。在那个骚扰电话的隔天中午，那个电话的主人打回来，一直打不停。最后只好迷迷糊糊接了电话。却忘了自己昨晚的骚扰。气愤地说："你打错了，别再打过来了，我要睡觉。"等到被麻将声和汽车声吵醒的深夜，再次接到电话。因为号码陌生才接，想知道对方为什么也没睡。一个钟后，他说，你白天和黑夜真是两个样。

我们成为朋友，却没有再在深夜打过电话了。

人与人的谈话，有些，仅仅只有一次；有些，一次就已足矣。

这样的故事，这样的回忆在这样的夜里这样的城市中不断地在时间的流域里独自上演。观众只有一个，那就是被任何小事或根本的无原因导致失眠的自己。

就像罗大佑唱的：一样的夜晚，一样的你和我。

高考快到了，许多学生都变了，走路吃饭变快了，看书做题变多了，电视杂志少看了，连讨论的内容也变成试题了。

我还是那样，眼神迷惘，头脑昏眩。耳朵里常常什么都听不到就剩下自己喉咙吞水的声音。世界在恍惚的瞬间又抛弃了我。其实，我压根就没上那趟车。

呆在家里有很久没出去过了。窗外刚撑过冬天冷冽寒风的树叶在春天里却死去了。我不断质疑它在冬天的煎熬是为了什么？还有些新生的嫩绿嫩绿的叶子也被迫夭折，我不明白它的出生又是为了什么？街头充满悲伤。

高考快到了，许多学生都变了，走路吃饭变快了，看书做题变多了，电视杂志少看了，连讨论的内容也变成试题了，我羡慕他们，真的。

昏。仅仅羡慕他们的积极和目标明确。我的生活和思想像气球一样飘着，不知何时能着陆。天知道，我恨死这种不塌实了！可还是无能为力地任由它飘着。我想可能还是我个人有问题，我是有理想，可是却不知往哪儿去开始它，找不到种植的土地。我居然还幻想不出它的两种极端的最终。我开始讨厌做梦。

每一天。

我都不可遏止地做梦。梦见理想的世界,梦见我所期冀的生活,梦见……可是最后我仍被现实里一切微小的声音吵醒。我的梦太脆弱了。

你也快20了吧!有人在我19岁生日刚过的隔天对我说这句话。哎!我连强调都懒了。反正19和20也没有很大的区别。我不想一事无成,更不想失去自我。我头疼。

为什么我忍受不了一切虚伪做作的形式?我想直接一点。重视结果省略过程,起码可以减少时间的浪费吧。可偏偏这现实里就有许多人只要好看的体面的形式而不在乎实质,导致我总是不断地喜欢去揣摩一些事物所表现出来的东西,怀疑着它的真实性。我就是不信任现实。我就是怀疑一切。我适应不了尔虞我诈的群体生活。我疯了。

其实,春天的叶子真的很美,那种酥脆的嫩绿色,百看不厌。这里,我不怀疑它的真实,因为人们是造不出如此纯洁美丽的颜色的,它属于自然。

我能不能不要沮丧?能不能不要敏感?我就不能在这欣欣向荣的春天里好好地计划一下未来吗?

我想,我还是缺少理智,是该理智地想想。我不能是1900,不能永远呆在有头有尾的船上,更不能制造出醉人心神的钢琴曲。我在梦里对着大海喊:我爱你!看了很多遍,还是会为这个"海上钢琴师"哭泣。非场景感人,非音乐撼人,是为那单纯知足的生命哭泣啊!

跟别人发生的事写成小说讲给另一些别人听,在这里面我扮演着什么角色?那些是真实的,我没有演戏……可怜现在,我连事儿都没有发生了。老天保佑,这刚打过春雷的生活里,还有着爱我和我爱的人和事,起码是我爱的吧。

爱使生活永远充实。

当烟花盛开点缀了苍穹，夜空却是一脸

安详。有人说，天空中没有留下一丝痕

迹，而烟花已逝，热烈且短暂，没有眼

泪，没有哀伤。有人说，烟花已化成繁

星，成为夜空最美的注脚，这是永恒美

丽的悲伤。

董文颖

烟

花

董文颖，上海市某中学2005届学生，曾获第四届新概念作文大赛二等奖。

关键词　地下铁　夜　手　替代品　城堡　迷路　童话

　　走出地下发达的交通枢纽，重新回到地面的感觉真好，尤纪深深吸了口城市夜晚的空气。

　　穿梭于地下铁繁忙的人流之中，有时竟会找不到自己的位置。寥白的灯光恰是冷漠，浑浊的空气给人一种窒息，就算是列车飞驰而过的风，也渗透着一种沉重与焦躁，她感到的是一种隐隐的悲伤。悲伤是黄昏，不留神就会混混沌沌弥漫一切，越来越模糊越来越惨淡，仿若拥有的一切都消失了般伤情无助。尤纪沿街漫步，独而不孤，静而不寂，她幻想自己是忧愁的夜精灵，黑夜是她四周的空气，头顶漫天的星星是她……尤纪抬起头，发觉今晚的星星都像约好了似的没了踪影，稀疏得很，她很无奈地笑笑继续上路。

　　尤纪是喜欢夜的，神秘、平静、未知，然而这样的夜是尤纪只想像得到却享受不到的东西，城市的夜，更多的是白天没有的辉煌和喧闹。

　　这里是城市的心脏，此处有难得的暧昧夜色。

　　尤纪举步进入了一家BAR，这里的老板是她的朋友。她像往常一样默不作声地坐上吧台，服务员却久久没有迎过来——尤纪已经习惯了在吧台前静静地等待Ammy注意到自己。Ammy就是吧台里的服务员，现在她正在吧台的另一端摇酒。

由自己随意命名，符号组合着嫣然而至的心情。

用符号虚幻具体的身体和校园，在另一个世界里我们有着各自不同的身份和名字。在那些文字的背面，我们每个人还是有一张大家猜想的脸。

经书告诉我们，所有说出的和所有发生了的，都是过去的事情。你们在抓住没有说出的和没有发生的事件。

生活中的某个场景，我们都曾经有过。

"昵称第一代的你们，生活没有背面。"

—— 彭东会作品《昵称》——

有一段时间了，尤纪有点闲得发慌，开始环顾这家 BAR——虽然已经对它再熟悉不过了。整个 BAR 不算亮，尤纪坐的地方可以算是全店最灯火辉煌的地方了。BAR 的客座周围光线有些朦胧，吧台与之相比，也许可用富丽堂皇来形容。尤纪曾提过光线会不会有点暗，老板却说，黯淡有时也是一种难得的气氛。暗和亮的区别，就等同于月光和阳光的区别，在于月光朦胧所以浪漫，阳光透彻因此现实。尤纪想，到底是浪漫好还是现实比较有利？自己实际在生活上是个感性的人，但立足在社会上还是理性点不会误事……尤纪开始考虑现实对自己的重要性了。过了一会，尤纪发觉自己又在胡思乱想了，她独自一人发呆的时候总是会很容易就想到一些奇怪的问题的。

尤纪注意到离她不远处坐着一个年轻的男子，他有点无聊地注视着布满酒瓶的酒柜，食指尖在台面上有节奏地敲打着。尤纪注视着他的手，觉得这双手实在很适合弹吉他。这样的情景似曾相识，好像令她想到了什么，是想到了什么呢……Ammy 终于发现了尤纪，很高兴地跑过来，说，你看，你一来我就看到你了！……来杯什么？还是老样子？尤纪有点哭笑不得地点了点头。那男子看了尤纪一眼，随后对 Ammy 说，老板，我先过去了。随后就转身离开了吧台。Ammy 就是 BAR 的老板，兼做吧台的服务员。很独特清澈的声音，尤纪心想。尤纪没想到，就是她这一想给了自己一个不小的吃惊。

不一会儿，传来了吉他声，紧接着是一个无可挑剔的嗓音缓缓而至。

暧昧的夜色，堂皇的吧台，熟悉的吉他声，透彻如阳光般的声线……一切竟会是如此相似！

游杨……尤纪低声嗫嚅。是游杨?！尤纪这次提高了声音。冷静、谦和、理智此时已从她身上消失，不复存在。

这是我新聘的吉他手，还是个大学生。Ammy 摆了摆手，示意尤纪放松。尤纪换了个舒适的坐姿，却无法使思绪平静。

听人说那人心就像是雨后的檐,而回忆则是缀满的水,晃晃悠悠将坠未坠,回忆攒得重了,终于一瞬间,直直砸了下来,冰凉极了,酸涩极了,心也跟着猛地收缩一把。尤纪踩着自己熟悉到心跳不已的道路向过去狂奔,气喘嘘嘘,追到了边缘,却只找到荒凉的遗迹。尤纪问自己,此时心中是忧伤还是无奈?

人们习惯了的东西就最好不要再有改变,这是许多客人的要求。他们听不到吉他声觉得很不习惯。Ammy 把鸡尾酒递给尤纪。

Sevenmore?

尤纪点点头。清淡一点的,可以提提神。她接过 Sevenmore 点燃,吸了两口却又放在了一边。

银色小船摇摇晃晃弯弯
悬在绒绒的天上
你的心事三三两两蓝蓝
停在我幽幽心上

他是我找了好久才遇到的,而且还和游杨毕业的是一所学校,这也就是所谓的巧合吧!Ammy 俯上台面,下巴搁在手臂上,视线穿过屋顶落在夜空中很远的地方。Ammy 的 BAR 有一半是玻璃屋顶,独特的设计使夜给 BAR 平添几分浪漫。夜深了,Ammy 脸

85

—— 徐震作品《大风扇》——

"这一点风就足以让你们摇晃(不排除窒息,和
可能留下的后疑症),逆风而行是你们的道路。"
　　人造风的乐趣在于那个造风者的快乐。
　　我们唱着歌,朝风而去。
　　我看到一个靶,我们子弹般飞过去。

上没有倦意，却分明显露出几许无奈。尤纪低头摆弄着手中的香槟杯，蓝色的液体随杯子的晃动自然地游转，显出一种自在与冷静。尤纪啜了一口，同时微微皱起了眉。

你说情到深处人怎能不孤独
爱到浓时就牵肠挂肚
我的行李孤孤单单散散惹惆怅

尤纪转过身靠在吧台上，望向天空。尤纪评价说，吉他弹奏有游杨的风范，但唱功却完全不能和他比。越过玻璃窗，尤纪努力地把眼光望向远方。水月冰冷，宛若凝固在万籁的夜色中，点点星辰忽明忽暗，湮没于深黯的苍穹。有人曾说，回忆是思绪的边缘，人人都想在那里找到完美的结局。其实边缘的极限是伤痛和悲寥，分离和死别，回忆得深了，就怀揣满了悲苦。

Ammy 没有回答，也没有说话，她知道尤纪想游杨了。

尤纪是看着游杨被车撞起空中，飞舞在一瞬，然后，他的生命就和流淌在地上的血一样，在一分一秒中静静地流走。尤纪没有哭过，她把关于他的一切都装进了心里。思念就像伤心的泪、星点的雨，一朵一朵绽放在生途死路的两边，零星断续，刹那就孤零零的一大片，躲避不及。

寂寞让人盲 / 思念让人慌 / 多喝一点酒，多吹一点风 / 能不能解放……尤纪端起酒杯贴到唇边，又倏地放下。

Ammy？

什么？

那么久不说话，我还以为你已经睡着了。

怎么会……

你酒里是不是忘了加 Vodka 了？

Ammy 直起身，从尤纪手中拿过酒杯喝了一口，她说，Vodka 这种无色无味的氧气性质，你也尝得出？

尤纪说，就因为是氧气性质，它才不可缺少，虽然不像金酒那么重要，但在这杯鸡尾酒中却具有独特性。

Ammy 有些歉意地看着尤纪，说，要不加点眼泪代替伏特加？尤纪摆了摆食指说，随便。

随便不是随随便便。随便是一种酒的名称。随便是游杨制的鸡尾酒。

记得是尤纪的同事介绍了这家 COCKTAILS BAR。那时，Ammy 也是过了很久才注意到尤纪的。客人要点什么？尤纪觉得有点像《爱尔兰咖啡》的开场白，她不是很懂鸡尾酒，她说，随便吧。尤纪看到 Ammy 很不知所措地看着她，也许她从未碰到过如此客气的客人。游杨就像如今接替他的吉他手一样，就坐在离尤纪不远的地方，他转身离开后又在吧台里出现，然后从酒架上拿出酒瓶，蓝、白柑香酒，伏特加……尤纪和 Ammy 都看着他，几分钟后，一杯蓝色的酒推到了尤纪的面前。一份随便，他说。很好听的声音，以后的夜晚都能听到这完美的嗓音。

几年前的往事如今却成了无声的回忆，像 E 级的白兰地般特别，回忆一次，却又多了一分哀伤。

Ammy 把随便推到尤纪面前，说，客人说现在的吉他手不错，也许可以替代游杨。

尤纪摇摇头说，任何一个人都不是别人的替代品，同样，没有一个人可以由别人代替，每个人都是瓶 E 级白兰地。

Sevenmore 在光线下晕成一摊光圈，升起袅袅的烟，烧红的烟丝星星点点忽明忽灭，像极了将灭未灭的烟花。

　　每个人的存在都有他的特殊意义，他就像朗朗夏夜里大朵的烟花纯白灿烂。

　　　　离人挥霍着眼泪
　　　　回避还在眼前的离别
　　　　你不敢想明天 我不肯说再见
　　　　有人说 一次告别天上就会有
　　颗星又熄灭

　　Ammy，你说烟花的结局是什么？

　　烟花过后，夜空安详悠远，烟花化成星辰，不再热烈，不再为短暂而哀伤，烟花是一场没有结局的表演。

　　哪天星辰陨落，它的缺席将为夜空造成一份寂寞和遗憾。

无梦

梦，其实可以藏在心中的。

不知何时，喜欢上了童话。王子公主在藤蔓缠绕的城堡里相遇，永永远远过着幸福快乐的日子。喜欢看到公主得到幸福，喜欢看到王子和公主在一起，童话里的城堡永远不会有墙色剥落，童话里事情的发展结局永远绚丽完美。我以为这就是世界的全部了。

不知何时，开始厌倦童话。讲述王子公主携手步入教堂的故事，早被我扔进了废纸篓。世界上没有永永远远的邂逅，世界上没有完完美美的结局，城堡里没有公主，王子也不会为公主舍弃权位。童话并不是现实。

不知何时，选择逃避童话。王子公主的永远完美，开始有了诱惑力。不羁地说现实是残酷的童话，童话是完美的现实，却暗自为完美的现实而感动。表现着太多太久的厌倦和麻木，却仍执著地相信着完美，因为心底，还有最初的那个梦。希望童话，成为现实的镜像。

能不能像童年时，世界的一切只是童话，而不是工具……

迷路和寻找，这两件事花费了我许多年的时间。

我会在安静的日子里独自走那走过了一遍又一遍的路，一次又一次不厌其烦地迷失，然后停在原地，耳边的时光无语自流。我在思考我走过的路，以及，眼前的路。

似乎以前走过的路并没有错误，而以后要走的路也将通向目的地，而我站在中间，不解，为何会迷路。

只可惜，思想是没有嘴的，无法解释什么，也无法要求什么。当我向路人寻路时，他们只能看到我的嘴唇在张合，却无法听到我的索求。这时，他们笑起来，挥挥手让我不要再开玩笑了。是的，在他们眼里我只是一个奇怪的路人，在他们眼里我只

邹建平作品《黑玫瑰》

是一个怪异而哗众取宠的路人。听到他们笑的一瞬间，我感到一阵隐痛。既然没有人了解，何必再循还往复地解释。我低头与路人擦肩而过，继续匆匆找我的出路。

我知道我来的方向，我知道我去的目标，我却在从起点通向终点的惟一的路径上迷失了。

我在安静的日子里独自走这一条路。沙漏，细沙从瓶颈间慢慢地泻下去，给人一种具象化的时间。仔细倾听时间流过的声音，让我学会了孤独，我不喜欢安静被打扰。

下了一场暴雨，重温了一部小说。下雨的时候，很容易思考出一些事情。喜欢在重温小说的时候，刻意去剖析一个人物的言行举止，很容易就看出初读时没有察觉的性格特点。就因为这一种小小的成就感，凡事就都会用敏锐的目光去观察。

诗意的人学会了卧枕听松涛，而我学会在一旁细致入微地观察。当我告诉别人我的发现，仅有的成就感也随之灰飞湮灭，他们只是挥挥手一笑了之，挥挥手的背后，大概还隐藏着什么吧。

有时对自己说，知道了也就知道了吧，其实并没有人想知道你知道了什么，当他们知道了你是怎么知道的之后，他们就惟恐自己会知道什么了。

敏感，有时也是一种负担。

我依旧在安静的日子里独自走。我在流离失所中寻找出口，有时成功，有时失败。其实，成功也只是另一次失败的开始。然后，重新迷路，重新寻找，以此往复。

当我匆匆与路人擦肩的时候，我开始想，为何会迷路。

我以为自己能够很了解这条路，从起点到终点。我在路上，把目光不时地停留在上坡、下坡和交叉口上，反复思考以确定自己走的路。

你看到沿路的阳光了吗？我的影子问我。

我忘记了，我是在有安静阳光的日子里在独自走，路旁的风景在没有嘈杂的环境下酝酿。我注意路上的一个个突变却忘记了认路。在我脚下的只是一条曾被自己陌生了的熟悉的路，仅此而已。

我在安静的日子里独自走这一条路。沙漏，细沙从瓶颈间慢慢地泻下去，给人一种具象化的时间。我仔细倾听着，静静地走着，倾听时间流过的声音，以及，一路的风声。

念忘，今心亡心；若随磨绕，只因念念不忘。

什么是童话,什么是现实,以及童话和现实之间的异同,我考虑了很久很久。后来我发现,童话里有希冀,现实里也有梦想;童话里有艰难,现实里也有险阻,只是在童话里,艰难后总有希冀的实现;现实中,险阻过后并不总能圆梦。

　　一样无怨无悔地寻觅,一样不计代价地追求,最后每个人都有个结局,无论残缺或是完美,我注重的,只有过程。

　　一切何必太在意。

　　我不会忘记在这段路中,曾有过期盼。

　　我在安静的路上独自匆匆,只沉默地与路人擦肩而过。我静静地走,思想也静静地走,能听到一路天蓝色的风,吹过。

　　晓来,一夜,无梦。

　　谨以此文,送给我和我的一位朋友。

子系，原名潘琦，1982 年 10 出生于江苏。现居上海，所学专业是时装表演与公共关系。

我忽然间察觉自己在每个夜里都死去，在太阳升起前才又重新得

告别

以轮回。可我始终不记得我在死去的时候想起些什么，明白些什么。

今天是个难得的好天气，在这个阳光灿烂的早晨，我却发现自己得了一种叫单词遗忘症的病。症状是我拿着笔却写不出一个完整的单词，句子就更不用说了。其实，我不确定这真是一种存在的病症或只是个人的想法，因为我不能去问医生。他一定会以为我得了精神分裂症，然后几个穿着白大褂的人会过来揪住我的胳膊，把我丢进围着铁丝网的"动物园"。我不敢想像自己将会有如此可怕的后果。于是我换了一支红颜色的笔，这会使我写出来的字颜色更鲜艳，以便刺激我的视网膜，激活我的脑神经，或许我的单词遗忘症会由此痊愈的。

我在纸上不停地写着，写着，可是没有用，到最后纸上还是只有一条条波浪纹的线，就像小时候画的河流那般。小时候画那河流的时候我总想像微风吹过，河面于是波光粼粼。这一刻我似乎明白了，我并没有得什么单词遗忘症，我奇怪的行为只是对我昨夜做的一个梦

的追忆。我在梦里看见自己在河面上行走，平步青云，又像一只鸟，只是我看不见我的翅膀在哪。

小憩了一会醒来，房间里空荡荡地，76早就出门了。他的影子在他走后的几个小时也渐渐淡去，只剩下我一人和孤单的影子。已经有两天没有走出这个屋子了，于是我决定出去走走，或者买点什么。

套上薄薄的毛衣，披上我的军绿色外套，穿上大大的球鞋，锁上门，走下楼。我抬起头看看太阳，还是会有些刺眼，只是它的光洒在身上不再有炙热的感觉，只有温暖。风大概是妒忌我对太阳的感激了，迎面而来，我把手臂往袖管里缩了缩，觉得不够，便把双手插进口袋，大步向前。

穿过地道的时候，正好上面有火车经过，我能感觉那沉重的火车用力地压碾着我的身体，巨大的声响冲击着我的耳膜，我似乎就要窒息，我抽出插在口袋里的双手，向前奔跑，跑上天桥。

天桥上的人不多，我靠边用手抚摩着天桥的栏杆向前走着，我看到无数的车辆像蛇一样在天桥下快速地游过，我笑着继续往前走，在天桥上行走的感觉像漂浮在半空中。但会漂浮在半空中的，不是天使，就是鬼魂。

我走下天桥，经过一条巷子，从深深的巷子里散发出各种各样油腻复杂的气味呛进我的鼻子想吸引我进去，我站在巷口朝里看了一眼，那里脏得可以和任何一个垃圾堆媲美，不知为何，偏偏从那些地方做出来的东西让人特别有食欲，我走进去，从外套的口袋里摸出一块钱硬币买了一个糍饭团，不过我是走出巷口才张嘴咬了第一口。从那种地方做出来的东西好吃并不代表我愿意看着一堆垃圾张口。

走出巷子，走到下一个十字路口，我想过马路去超市买些什么，就算不买看看也好，76不在家我也不想整天都憋在屋子里，会把我闷傻掉的。我手里拿着吃剩的半个饭团，站在一群人的后面等着绿灯亮起，站在我身边的人们都面无表情，他们都像戴了一个面具。也许我也戴了一个，可我看不到，我也不能从谁的眼睛里看见我冷漠的脸孔。

红灯依旧那么闪亮地睁着眼睛，像是发出一种警报。人们都伸出一只脚随时准备冲锋。这时有人从我身边用劲往前挤，我向后退了退，然后看见一个小女孩大步走着，她是要穿过马路，可那么多的车辆都在路上疾驰，这会很危险。我很想叫她回来，旁边又似乎没有一个人看到，我想或许我不该多事，于是我也伸出左脚，保持和大多数人相同的姿势。

这时那个小女孩已经走到路中央,她又回头看我,有辆车在她回头的时候向她疾驰,我顾不得别人是否看见,冲向前去,可她跑得比我快多了,我到路中央时,她又到了路的对面,还转过身,朝我挥挥手。我朝两边看了一下,路上的车子似乎一下子都没了踪影。

我对小女孩傻笑着,然后穿过马路。

走进超市,没有我想买的东西。想想还是回家,76很快就会回来的。

往回走的路上,我看见一群人围在马路上,真不知道为什么他们都那么喜欢看热闹,不过也好,他们堵在了路中央,车子都无法通行,我很顺利地就过了马路,上了天桥,穿过地道,我走得很慢,几乎是在数着自己的脚步前行。走到楼下时,我开始掏衣服上所有的口袋,始终找不到钥匙,这就是76不在身边的后果,我总是连带钥匙这种小事都记不住。

不知不觉还是走到了三楼,看见门居然开着,我轻轻推开,走了进去,76坐在沙发上,他的双手抱着头,我看不到他的脸,我悄悄走到他身边,蹲下,仰着头看他。他的喉结不规则地在动着,像是在……抽泣。

可是,怎么可能,没有什么事情能够让他落泪。我一阵心痛,伸手想抚摸他的手,他的手机忽然响了。76伸出一只手,接听电话,另一只手依然捂着脸。我什么都看不见。

我只听见他说:妈,影……出事了。她……出了车祸。她再也不回来了。随后我听见他放声大哭起来。

我站起身,我有些糊涂了。我不明白他说的话是什么意思,他说我出事了,但我不好好地站在他面前吗?

我伸手拍他的肩膀,却什么都没有碰到,我就像是一束光,穿透他的身体。

这到底是怎么回事??

我大叫起来,尖叫的声音差点刺穿我的耳膜,可76仍无动于衷,他还是继续哭着,因为我出了车祸。

车祸?

我转身跑出了屋子,穿过地道,跑上天桥,穿过巷子,走到那个十字路口,很多人都已经散去了,只有那个小女孩还站在那里,她看见我又笑着朝我挥手,我快步走到她身边,眼睛随着她的手指的地方看去,那是一滩血,红色的,还有一部分没有凝固,那么耀眼。

"那是你的血。"小女孩对我说。

"我的?"我不敢相信自己所看到的。我浑身开始颤抖。

邹建平作品

我完全傻掉了，一屁股呆坐在地上，小女孩过来牵着我的手，说："妈妈，你不要害怕。"她是在叫我"妈妈"？我忍不住看着她的眼睛，她的目光丝毫不回避我的疑虑，她点点头，像是在指引我记起些被我遗忘的某些东西。我更加困惑了。

她再次肯定地点点头，伸出她细长的手臂，让我看她的肩膀，我看到那里有细细的暗红色伤疤，她的两边肩膀都有。她又拉起她粉红色的长裙，指了指她的膝盖，也有同样的疤痕。

当她转过身想让我看她的背时，我惊醒了。她是我的女儿，她是我粉红色的女儿。她的身体之所以如此残破，是因为医生用冰冷的钳子毫不留情地把她从我的身体里面拉出来。她的手，她的脚，她的身体，都被弄成一块一块的，我看见过的。

可我怎么把她给忘了呢？

我把她拉到自己的怀里，她终于又回到我身边了。或者说，我终于

梁志明，梁定国(加拿大)《望》4
装置，影像，30分30秒，循环，瓷器，木头，沙

又回到她的身边了。

我不再害怕，站起身，拉着我的粉红色女儿，我还是想带她去看看76。

我知道她还是会埋怨我丢弃了她，伤害了她，但她有这个权利，甚至恨我。

一切都过去了，我付出了代价。

我能感觉到那代价的沉重。

我粉红色的女儿欢快地在我身边跳起舞来，她转着圈，她的裙子飞扬起来，像一朵开的花朵。她真美。

我傻傻地站着看她跳舞，我有些被她美妙的舞姿陶醉了，直到看着她越跳越远，消失不见。

我要去找她，她把我召唤来了，我们就该在一起的。但我该到哪里去找？

我站在十字路口，失去了方向。

对面的绿灯又亮了，一大群的人向我涌来。可我不再害怕，我不必躲避，因为他们能穿过我的身体，因为，我只剩下一个魂魄。

我看着一个个的人穿过我的身体，有个女人穿过我身体的时候忽然看了我一眼，我已经只有魂魄了，她怎么还能看见我？我回头看她离去的背影，然后看到了她的心，她是在想该如何让那个男人给她买那个两克拉的钻戒。又有个男人在穿过我身体的时候也看了我，然后我就看到他是在想着今天早晨和女人在办公室厮混的一幕。

人心是多么的肮脏？我不屑地嗤笑着。并为我死后有了这种看透人心的本领而自豪。我快步走着，想看看更多人在想什么。走着走着，我发现我根本就不需要用力气来走路，我低头，看见自己原来是飘浮在半空中，我开始拥有魂魄所有的本领了，我高兴地在空中打转。

我在融化，我在燃烧。我抬头，太阳挂在那里，一动不动，魂魄是不能见阳光的，于是我决定回去拿把伞。然后好好看看这个我从未了解的世界。

我毫不费力地就飘回了家，我第一次感到走路是那么地轻松。我穿过墙，76还坐在那里，我要告诉他我看见我们粉红色的女儿了，我在他身边坐下来，在他耳边滔滔不绝地说着，他一动不动，倾听着，我说完了，随后拍拍他的肩膀，跟他告别。

　　我还想拿把伞，房间了找了一遍都没有找到，我才想起伞被放在卫生间的杂物柜了。可魂魄是不能靠近那些污秽之物的。我犹豫着又在他身边坐下。

　　我坐在76的身边想着我该去哪找我粉红色的女儿，忽然听见一种沉闷的声音，和我穿过墙时发出的声音一样。我回头，看见门口

有两个穿着黑色西装的人，或者是动物，他们的手里拿着镣铐，难道现在还有牛头马面来拘魂魄吗？我不要，我还要去找我粉红色的女儿，我在76的脸颊轻轻吻了一下，走到窗前，我不要被他们抓走。

　　在我想要跳出窗外的时候我见到76看了我一眼，他的心里充满着爱与不舍。我的心痛极了，有东西从我眼睛掉下，我伸手接住，那是一颗眼泪。

　　有部电影里的有这样一句台词：鬼的眼泪会带来重生。今天我信了，因为我流泪了。我向76走去，把那颗眼泪嵌进他的心里。我要他获得重生，我要他活得幸福。

　　我看见自己在飞，我的身体在阳光下化成一个个彩色的泡泡。

　　在梦中，我看见了天堂，还有我粉红色的女儿。

梁志明,梁定国(加拿大)《望》
装置,影像,30分30秒,循环,瓷器,木头,沙

离开那双手我们就没有动过。

可以肯定的是,那背景在不断地流动,我们在不同的背景里
完全有着不同的生活遭遇。高大与侏儒并存,凝重与猥琐来自同
一个躯体。

谁还在更换着不同的背景,制造出各种幻象?"望"让我们始
终活下来。

"接着活下去的,活得更好的现在还是流动的背景。"

米米托的天空

在米米托,有全世界最低的天空,所以在米米托的每个人,都秉承了天空赋予的特色。

高山上的人们常常为低矮的天空所苦,在他们看来,站到户外的一刹那,就是被天空所侵袭的瞬间,不管是如何纯粹的色彩,也无法带走原本存在的压迫感。这些天空或高至云端,或低矮得只越过门前的一棵并不高的树,而这所有的天空,在那个城市,都有宇宙般的纵深感。

当我们走出白色油漆刷成的平房时,觉得自己仿佛站在了四方的盒子中,盒子上端有蓝色的一层隔膜,下端是白色的地面。天空触手可及,或者你站在脚手架上,伸出一条胳臂,手指就穿过蓝色的幕布,直指模糊的天际。

米米托的颜色只有蓝白,女人的衣服也是蓝白。

这点一直为前去旅行的人们所好奇,生活在这样一个城市,艳丽的色彩才是适合的选择,人们静静地行走在市场与集市中,这一瞬间所有色彩得到了令人惊异的统一,我们不曾见到一个活动的生命,所有人与事物同城市合为一体,浑然天成。

或者旅人们害怕自己在蓝白的统一中迷失,他们终日穿着刺目的红色与黄色,男人的衬衣也刻意加上各种修饰,这是旅人对一个城市如此执著明显与共溶的反驳。这样旅人来了又走,走了又来,商人同样在一条或多条道路

昂蕴红,笔名东风影久,1985 年 3 月出生。

昂蕴红

102

钟楼的男人把头缩回来,觉得自己出现了幻觉,但这一片真空般的气体显然不是,不久后,也就五小时后,这个消息开始在市场酒吧或更多地方流传。

上的城市间穿梭,但最终,人们都脱下红色或黄色,条纹或格子,忠实于纯粹的两色。或许担心被侵蚀的恐惧远小于异化感的茫然。

于是米米托不断反复由斑斑点点的鲜艳到纯粹,由纯粹再到斑点的过程,这个过程就像城市的皮肤病,周而复始,永无停歇。

第一次见到米米托面孔的人们都会被瞬间的压迫感所震惊,不知所措,没有人想得到天空是怎样长在一排白色的小房子之上,同样没有人想得到每天醒来伸懒腰时面对的是一堵近在眼前的墙。或许他们在一两个月后适应,忠实地站仁于其脚下,更多的时候闻名而来的人又离去。

留下的都是无所谓的人,对自己无所谓,对将来无所谓,对竞争或名利无所谓,当然,对爱情有所谓。

之后有一天,或许是很久,经历了慢慢的演变,有一个人发现天空似乎又在下降。这个人住在钟楼里,有偶尔敲钟的工作,更多时候他前去酒吧,要一杯掺了水的朗姆酒,和行人聊天,看舞女用手指挑起一根根烟丝,眉头千回百转。钟楼是整个城市最高的建筑,三层或者两层半,米米托没有高楼。

当他站到钟楼上,偶尔透过窗口望向一片白色的房子时,眼前被一层模糊的透明物体所遮挡,这层东西有着凝滞的厚重,隐隐透出青灰或蓝紫的沉淀,他透过这层东西看不清远处的一片集市,与此同时,他把头微微伸进,感到一片没有空气的墙。钟楼的男人把头缩回来,觉得自己出现了幻觉,但这一片真空般的气体显然不是,不久后,也就五小时后,这个消息开始

在市场酒吧或更多地方流传。

天空在下沉。

从格兰提尔前来的商人带来了情报，在他们的口中，其它城市仍然一片祥和，天空似乎正在米米托上方的地点裂了口，破旧的部分找不到归宿，从断裂的伤痕处慢慢剥落，接着速度越来越快，降落于米米托之上。

恐慌在何处都是难免的，而这里却只惊起了小小的波浪，迁居过来的居民开始寻找离开的落脚处，旅人迅速离去，商人不慌不忙做完最后一笔买卖，带走了米米托最好的饰品，数量之多足够三年不再踏足此地。而一片似乎存在的暂时性混乱消失后，原住民仍过着丝毫没有变动的生活，近乎麻木。离开米米托的都是外人，只有一直生活在这片压抑下的人才会不为之所动。一个城市的沉积在居民身上有最深的印痕，无论何时，都少有人能改变骨髓中深附其中的那一点印记，这就是每个城市自己的故事。

天空在一个星期后降低到大多数建筑的屋檐，盒子已不再是盒子，更像一个压扁的烟盒，上上下下都有外力作用带来的异样感。在其中奔波的人又似乎被挤扁的电视，从城市的最低点往上看，处处都带了因挤压留下的重影和变形，这也是大多数人不堪忍受的原因之一，离开的人幸运之所在。

当所有正常身高的女人们都可以稍稍伸手就将大半个臂膀埋入天空时，很多建筑已开始在看似透明却因厚重而呈现彩色的空气里消失，人们不再看到屋顶上的白色风向标，也看不到偶尔停在上面的白色小鸟。这没有给生活带来太大的麻烦，仅仅有时，身材高大的男人将他们的头低下，垂着肩膀穿行于道路之间。或者也有即使埋下头也不能将眼睛暴露于天空下的人们——当然这样的人用两只手就可以举出——他们只能一鼓作气地向前行走十米左右，然后蹲下来或者弯腰，呼吸氧气，继续前进。好在这样一座懒散悠闲的城市，没有人为了上班而在道路上匆匆奔跑，不慌不忙且优雅地弯腰也成为一种魅力所在。很快，女人们也开始忙于演练蹲下的美妙动作，这是几年来难得的忙碌。

这时,天空已经在所有身高160厘米的人们的肩膀。

　　几乎所有的招牌都不再存在,至少他们藏在天空中静静打量行人,这被众人观看的数百年终于过去,面纱开始使事物变得神奇而不可思议,人们却不能像擦拭一件许久不用的古董般抹去表面的灰尘,使其显露于表面。

　　招牌的消失带来了一定的麻烦,至少忙于穿梭在酒吧的中年男人们,他们无法从一排白色的墙面中找到自己常去的地方,从而误入了种种奇怪的商店,或者在民居前犹豫徘徊。这些店里,存在着贩卖各种钉子的工艺品店,给头发制定档案的精品店,介绍木乃伊制作方法的讲座,他们在每年你的生日送上一份制好的动物标本,只要你曾付过20托里。男人们突然发现这个城市中隐藏的另一面,而这些,在之前的30或40年间一直同他们远离。

　　也许某些人在这一星期之间发现这个城市的众多秘密,这些秘密由于城市机能的混乱,突然出现在本不该见到的人群之前,也许是城市急于告诉人们衣服下的肌肤,从而将衣服用作了面纱。

　　在天空出现于4岁孩子的腰部时,所有人只能趴下,在地面匍匐前进,床也不再被使用,地毯一度脱销。城市史无前例的安静祥和,人们对此默默承受,再找不到比米米托更平和且波澜不惊的所在。当然,关于天空究竟要降到什么程度才算结束,是个被广泛讨论的话题,妻子与丈夫,孩子与父母,同事与同事,一面之缘的路人与路人。

　　工人们因此得到了更多的工作,有钱人不甘于只能从地面窥伺城市的一角,当富翁们发现这低矮的天空将造成自己的生活无聊空虚之后,开始雇佣工人在院子或地下室挖洞,即使天空落下来,还有地可以钻,就是挖地不够快,也可以伸根管子到城市之外以提供氧气。

　　于是,天空仍然缓缓下落,似乎建筑与肩膀挡不住那片残渣的悲哀。地下室开始绵延向下,众多细长的通道于地下交织汇总,这时,一个新的城市诞生了。与此同时,城市的故事也在继续。

有些事情就是这样的无法言喻。这份没有承诺和责任的友情，我却从不怀疑它的真实和永恒。所以即使因为我们各自的忙碌很久很久都无法见面，甚至没有一点点的音讯，我都会感觉他们就在我身边，不曾远离。

李萌，出生于 1985 年 3 月。现就读于华中师范大学。

关键词：那些　痕迹　不留余地

纯美
时光

我常常在想，当我白发苍苍时，坐在摇椅上看着树叶片片掉落，该是怎样的欣慰和坦然——

从小我就生长在这座碧草茵茵的大学校园里。爸爸妈妈曾经是这里的学生。他们在这里恋爱，结婚，然后有了我。后来他们留校了，留下了他们的整个青春，也留下了我所有的回忆与爱恋。

那个恬静安然的大学校园包裹着我的整个童年，我一直认为我很幸运能够在这里度过我的孩童时光。那些当我还是个孩子时就开始上演的友情，那些我的幼儿园我的小学，以及现在在 everywhere 的朋友，那些和我一起爬树、和泥巴、吵架和过家家的小伙伴们，我很珍惜他们。我们孩子气地相亲相爱，也可以翻脸翻得一塌糊涂。不必要背负太多的志同道合，只是很自然地将童年交给彼此。放学回家的路上又一次路过小学母校的校园。夕阳下我不自觉地频频回望，斑驳的老楼以它静默的姿态诉说着时光的流转，诉说着孩子们美丽的梦。于是发现自己又无法自拔地回到那段久远的岁月。

小的时候学校种着两排很高很粗的泡桐树。一到春天它就开出满树满树的小花儿。紫色的可爱的小花儿，像喇叭一样。然后它就落下来，落得遍地都是一片紫色。我一直认为那是校园一年中最漂亮的时候。我们就高兴地叫着去拾它们，拾来一大捧一大捧的泡桐花儿。淡淡的香味包围着我们，我们觉得自己像花仙子一样轻盈地在人间漫步。

可是很快就上课了，我们舍不得把它们藏在桌斗里蔫掉，于是就很大方地摆在桌上。一大片一大片的花儿遮住了我们因为兴奋涨得通红的小脸。老师瞪着眼睛惊讶地看我们，我们就格格地笑，因为很快乐。很久很久了，那些画面一直清晰又深刻地印在我的脑海里，以致于在春天的小路上一看到那些紫色的小精灵时我都会停下脚步怜爱地拾起它们。心头一阵一阵地颤动，我就很努力地去回忆那些日子里我们有多么快乐。

秋天的时候有很多很多的树叶都落了。嘉嘉一个人跑去找好多的叶子，都是绿中带着黄色的那种，有清晰的叶的脉络。她一脸神秘地摇着头说你们知道吗，这叫生命的痕迹。我一直不知道小时候她从哪里学来这种可笑的深沉，只是当时的确把我们唬住了。我们就傻傻地用很崇拜的眼睛看着她。她拿出五颜六色的水彩笔来说：把你们的秘密和愿望都写在上面吧。我们觉得这实在是个浪漫的好注意。就很认真地冥思苦想然后写下我们美丽的心愿。小叶子上布满了各种各样稚嫩的字体，很灿烂，像一张一张精致的心型的小卡片。我们小心地捧着，捧着我们的秘密和愿望。嘉嘉带我们到一个小小的角落里，她说我们把这些小叶子埋起来吧，让它们永远永远都不会丢掉。我们简直对眼前这个浪漫的女孩子崇拜得一塌糊涂。就用劲地挖了一个一个的洞洞把我们的小叶子埋进去。嘉嘉托着下巴脸上写满了憧憬，她说风吹过这里的时候它会不会知道在这里埋着我们的秘密和心愿呢。

后来就这样长大了。我还是喜欢在秋天的时候去找那些绿中带着黄色有清晰脉络的叶子，在上面写各种各样的字。小小的叶子带着一点点沧桑和怀旧，我喜欢那种感觉。有时候我会把它们寄给那些小伙伴们，告诉他们在一个地方还埋着我们的秘密呢，有时间我们一起去看看它们。

那些快乐遥远的日子啊。一直到现在，当我很疲惫很迷茫的时候都会不自觉地想起那些很久很久以前的事儿，它们就那样细腻地感动着我，把心情渲染得明媚快乐。

我们的脚印遍布了这座大学校园的每一个角落。我们知道好多好多关于每一个地方的传奇故事，讲起来绘声绘色，很投入的样子。我们跑去偷看情侣们卿卿我我，使一些很烂的小伎俩破坏意境，然后疯狂地逃跑然后得意地窃笑。我们在小花园的树林里藏猫猫在凉亭里过家家给假山上的每一块大石头起名字，摘漂亮的花朵绑成花环戴上然后满足地摇着头觉得很美丽。我的朋友们，他们都是很善良很单纯的孩子，他们毫不吝啬地告诉我新发现的秘密通道。用他们很少的零花钱请我一毛钱一支的小豆冰棒。他们教我爬树，摘很甜很甜的花蜜给我吃。我的朋友们，现在正在各个小小的角落里埋头奋斗的朋友们，我不知道他们是不是还记得这些，记不记得有个很霸道的小丫头一直一直都把他们当作最好的朋友。

那时的孩子们是无所顾忌的,快乐地生活快乐地做梦。我们约定好将来买一幢大大的别墅,里面有吃不完的冰激凌。我们带我们的孩子在一起玩,让他们像兄弟姐妹一样的亲密。我们永远永远生活在一起,一直到老掉,死去……说这些的时候我们一脸的虔诚和信誓旦旦,所以我就很认真地记着它一直到今天。下课的时候和同桌聊天,她问我你想像过将来的生活吗?我告诉她和我的朋友们生活在一幢大大的别墅里,里面有吃不完的冰激凌。我们带我们的孩子在一起玩,让他们像兄弟姐妹一样的亲密。我们永远永远生活在一起,一直到老掉,死去……然后我看到同桌用很异样的眼光看着我,她说你的想像力好丰富还这么具体。那一刻我的眼眶突然很热,我说你知道吗这不是我的想像,这是我们的一个约定。

于是在有空的时候我就爱翻开影集去看小时候的照片,因为那上面有我透明的童年和红扑扑的笑脸。我们总是在骄傲地甜蜜地笑着,虽然我已经记不清为什么会有那么多的快乐。我会很小心地拭去上面细细的尘土,因为我知道时间无法把它们尘封。

照片里一次一次地出现着一张笑脸,那是我的一个很好的朋友,在小学的时候。她有圆圆的脸,眼睛很大,笑起来的时候和洋娃娃一样。那时她家离学校很远,每天下课后要一个人等爸爸来接她回家。她觉得闷于是我就很慷慨地留下来陪她。放学后空空的校园里我俩坐在操场高高的双杠上。她翻开口袋,里面有花花绿绿的糖果。她就拿出来给我吃,然后她笑,很像洋娃娃。初夏的微风吹呀吹呀,掀起她小碎花的白裙子,露出胖嘟嘟的小腿。

可是这样的日子并没有延续多久,她就随爸爸妈妈去加拿大了。要走的时候,她紧紧抓着我的手,哽咽着,小小的通红的脸上淌满了泪水。她一直一直重复着你一定要常常写信给我。我郑重地点点头。

走得很远了她还在和我挥手,我就伤心地哭了。

然后我就认真地给她写信,一笔一划地,有时候还夹杂着拼音,告诉她我的一切,再把它们送进邮筒。于是我有了一封又一封异国回信,还有一大堆漂亮的邮票。她说那里的学习很轻松,四年级了才做 5×6,所以她数学成绩一直是最棒的。我就很羡慕她。

刘广云作品《空间交换》

后来不知道为什么写信就少了，孩子总归是健忘的，所以很长的时间我都无法知道她的那些令人羡慕的生活。再后来就上了初中，随着她的几次搬家易址，我们最终断掉了联系。

　　我有些遗憾和愧疚，但是我很忙已经没有什么时间去想起她。直到不久前一封来自加拿大的航空信寄到我的手里。我很吃惊，因为还能依稀地辨认出她从前字体的痕迹。她告诉我她不知道我的地址，费了很大的周折才打听到。她说这么长时间了你还好吗，是不是要把我忘了，她说你这个坏家伙这些年来你一直都说话不算数。看到这些的时候我一下子就哭了，因为那一刻我知道，我一辈子都不会忘记她，因为她不允许我忘记。

　　有些事情就是这样的无法言喻。这份没有承诺和责任的友情，我却从不怀疑它的真实和永恒。所以即使因为我们各自的忙碌很久很久都无法见面，甚至没有一点点的音讯，我都会感觉他们就在我身边，不曾远离。就像十六岁生日的晚上，一个将近四年没有联系的朋友打来电话祝我生日快乐。可是那时我已经辨认不出他的声音了。他大笑，你终于忙得把我忘了。我猛地一惊，多么久远的又熟悉的笑声！我紧抓听筒声音很急促，我叫着天哪真的是你吗？他说他刚刚下课，走在大街上突然想起我的生日就打来电话了。他说你过得快乐吗，然后就大声地唱起祝你生日快乐。唱完他说好了我不唱了，大街上好多人把我当神经病来看但我还是希望你快乐。他兴奋地大叫着，如同过去一样的无所顾忌，却不知道电话这头的我早已泪盈满眶甚至连一个谢字都说不出来。但我知道他不需要，他只要我快乐。

　　所以我一直坚持着一些孩子气的东西，因为我相信那时的友谊可以维系我的一生。虽然现在依然有很多很多的朋友——我是一个善于交际的孩子——但我发现在这个省重点班中竞争很难和友谊同在。虽然我知道我的同学都是很优秀很好的同学，只是竞争给了我们太大的压力和责任。他们善良但不再纯真，他们正直却很少快乐。他们都有理想有抱负，他们都很勤奋,他们能在学习上帮我很大的忙,他们能清楚地告诉我是与非,对与错。可是我始终觉得我们之间有一段不可逾越的距离,始终不敢保证他们会是我永远的朋友,虽然我一直搞不懂永远到底有多远, 却很坚定地相信那些陪我一起长大的朋友我会记他们一生一世。

许多年了,岁月就这样无声无息地流淌。恬静安然的校园依然在用她的宽宏和博爱包容着孩子们的童年。我爱在不经意间漫步在母校的校园里,漫步在那些个曾经留有我们脚印和笑声的小角落里,去寻找当年当时的气息和痕迹。爱看着校园里那些孩子们的小小的快乐的样子,看着他们拖着大大的书包跑来跑去,稚嫩的叫声划破天空,看着他们认真地玩耍,用他们的执著继续我们的童年。那时我就会有很舒心的笑容。

今天,我坐在这里写下这些的时候,阳光透过暗红色的窗帘洒进我的房间。唱机中轻缓地飘出莎拉布莱曼的《So many things》。我喜欢听她用慵懒的声音哼着这样的古老的曲调。那些温暖缤纷的往事就无法制止地浮现在眼前。So many things,就这样恍惚又清晰地渐渐离我远去。那些生命中最初的感动,让我留恋让我回味让我无法释怀。我的童年,我的小小的幸福和悲伤,我的纯真可爱的朋友,我很想念他们。我不知道他们现在在哪里在做什么,但我希望他们快乐,那份简单的朴实的快乐,我不想让它消失,随着成长。我会祝福他们,随时随地,用我的心。

莎拉布莱曼还在哼唱着,梦呓般地,用她清澈的没有杂质的声音。窗外,一片小叶子飘忽而下,在风中打着旋儿,很慢很慢地向下落。我突然觉得眼角湿湿的。天空很蓝,我的心也很安静。在经过了许许多多的纯美时光后,发现在这样的一个午后,回忆过去,是最美的仪式。

绝对的爱

太阳一失足慢慢跌入远处山后深深的草丛里，山顶上涂上了一层灿烂橙红的染料，离太阳很近的几片淡淡云彩在阳光烘托下，像一扇里面失了火的窗户.

秋天的雨水少了很多，隐蔽在学校旁边江水中的那个小岛像只潜伏了很久的乌龟，睡眼惺忪地浮起到江面上，连周围匆匆北去的江水，也被它硕大的躯壳挤得一分为二。

小岛的寿数同这个城市一样的古老。

一

在小岛的左岸有一片干燥的沙地，白色的细沙里深深浅浅地埋着许多或大或小的贝壳，何内把鞋子脱下来，白嫩的双足好像径直踩在一堆碎木屑上。

迎着从沙堆的顶部鱼贯而下的风，凝望着柔软的细沙，肖笈和宣然顾不上满脑子装的那些条例、违例和下不为例，尖叫地从上面快速地俯冲下来。扬起的沙子沾在脸上，钻进密生的发丝里，硬跑进没有关严实的领口内，好像那些细小的生命走到哪里就成了它们肆意的领域，丝毫不会在意你脸上因此而生长出来的喜悦或悲伤，它们只在乎此刻是否活得真实，活得灿烂。

"晕！我的裤子上哪来的泥巴啊?!"

"怕什么，脏了回去洗洗嘛，这么紧张干嘛。"何内很不理解这件事到底有什么地方值得宣然惊讶。

"出门的时候，我妈就一再嘱咛别把裤子弄脏。"宣然撕了张草稿纸死命地擦。

董夏青青,1987年1月出生于北京。由作家出版社出版了作品《校园风铃》,湖南长沙第一中学学生。

"什么从严处理？洗洗而已。"

"有那舒服我就不着急了。小时候,我和表哥在院子的花园里玩,不小心把裤角蹭破了点边,我妈把我关在门外半晚上没让我进家门。嫌我只知道疯个没完,不知道收敛个性。那件事之后,我时时刻刻都记着自己要随时保持文静娴淑的气质。无论玩什么,都要保证形象工程的建设。"

"真是不幸的小孩,暗无天日哟。"何内无奈地摇着舌头。

"开玩笑!我妈是百变金刚,铁面无私的牢头,惩恶扬善的武侠至尊,还有超级无敌厨房宝妈咪。我从小就记忆差,表哥过了半年又到我家玩,结果把刚买的红皮鞋一只给掉到粪池里。妈妈看我光着一只乌黑的脚丫子,操起衣架就打,吓得我满院子里躲,无论邻居怎么劝,她疯了一样不肯松手。她说她对我是绝对的负责,绝对的爱,别人的孩子请她打她还不打呢。"

"真的？你妈真神勇。"

"何内你呢？怎么样,享受过这样绝对的爱没有？"

"废话,你妈要把你训练成中国婆婆都心痛怜爱的媳妇,我爸就一门心思地想把我捏造成一个英国女人。他说'麦当娜都把自己的女儿往英国女子魔鬼般的训练学校送,咱们就不可以当函授的啊。'"

"怎么培养的？"肖笈笑着把脸凑过来。

"还讲,一点创意也没有,到了饭店门口把唾沫吐在手上直往我头上抹,弄得我的小分头铮亮铮亮的,我怀疑太阳照上去都可以发出金属撞击的声音.还有,汤勺不能碰到碗底,喝汤不能发出声响。"

几个人看着何内耍贱的表情笑得地动山摇。

淡蓝色的江水跑上沙滩,吐出细小的泡沫,又在略有些发烫的沙砾上轻轻地消散,湿润着干燥的沙土。

"肖笈,你跳舞也吃了不少苦吧?"宣然问。

"有点,但那毕竟是自己选择的,不过学数奥真把我逼傻了。"

"我可惨了。四岁开始学书法,那个教我的糟老头为了使我掌握标准的握笔姿势,竟然要在我手心上夹个鸡蛋,还在手臂上吊两本书,让我悬着手腕写字。连上厕所都被他义正严辞地一口回绝,害得尿了一裤子。"何内现在讲起十多年前的事,还是把无从原谅四个字写在脸上放大。

宣然问林墨瞳:"那你学过什么啊!"

"钢琴。"林墨瞳答道。

"真的,高雅啊!"何内想起了影片钢琴师的宣传海报。

"那你不是只会弹'两只老虎'吧?"宣然继续问。

"去年刚过十级,不过你说的那首曲子我也会。"林墨瞳心不在焉的表情没有零星地变化。

宣然把嗓子扩充了几倍:"那你不是过了最高级了吗?你妈肯定是去医院检测出你是个神童才肯生你的。"

"起初练钢琴的时候,手指不适应。总是肿得像被灌了水的猪肉一样。为了考级,我妈就拿着根针在旁边站着。错了,针

尖伺候。"林墨瞳对过去事显得很淡然好像那只是另外一个人的事,与他无关。

"战斗的童年!"宣然突然想起这么一句莫名其妙的话。

"麦昭延,你蹲在旁边作标本啊。"何内冲着他说。

麦昭延愣了一下很快回答:"没有啊。"

"你学什么没有啊。"何内又问。

"起初学过萨克斯,不过我姐说听了像放连环屁,我就改学小提琴了。我妈说这么拐弯抹角地不如直接去跟鲁班学木匠。实在没办法,又去学架子鼓。结果我家的房子都差点被折腾了好几个晚上没睡觉的邻居给拆了。"

"其实,我学那些杂七杂八的东西的时候,以爷爷、奶奶、外公、外婆为代表的守旧派一致咬定女孩应该学竹笛之类的传统艺术。爸爸、妈妈又与叔叔、阿姨、姑姑、姑父形成统一战线的现代派又大力推举我学长笛之类的西洋乐器。两大阵营大战七七四十九日,终达成中西合璧的共识,成天蹿来蹿去地上课。竹笛要求

肺活量大,一次,我吹 A 调的高音人都震得一起一落的了。心想如果再使劲,说不定连自己也从窗户边吹出去了。索性把心一横——吹吧,结果人是没动,倒把老师用了十几年的笛膜给用气冲破了。这回可是我自找的,他当时马上告诉坐在沙发上被我震醒的妈妈,说我确实是一块吹笛子的好料子。妈妈当场和他拍板,一个星期再多上两堂课。临走的时候,妈妈被感动得连门都打不开了。"

何内听了宣然的话一下子也记起了很多,心里总有一点说不出的感觉在不厌其烦地作祟。

"你的长笛和竹笛在同时学啊?"肖笈一脸的同情。

"当然啦,我爸说两个都是用嘴吹的。在我过十岁生日的时候,我憋足了劲说,能不能别让我学了。结果刚把意思表达清楚,我妈就如同在菩萨跟前蹉跎了十几年还没挨上号的香客似的,翻天覆地嚎啕大哭起来,她说全家供养你这么一个小人儿容易吗?我们连结婚时买的衣服都拿出来穿了,爷爷、奶奶把养老买棺材的钱都掏出来。我一想也是,家长容易吗?好好为他们学算了。"宣然说完长吁了一口气。

"那你学了这么多年,一定很厉害了吧?"肖笈问。

"我妈不懂学这东西的原理,但是她只死认一条就是投上这么多钱起码得学首像模像样的曲子回来。上完两堂课之后,就催

—— 岳敏君作品《无题》——

老师教我吹曲子去考级。我练成了四首曲子，无论家里来了什么客人，或是参加什么比赛，都用它们顶着。"宣然不以为然地回答。

何内又接着说："我也差不多，人家说是一字书法家。我比他们还多练了三个字，老师说了练字不在于泛，重要的是得把字的精髓掌握到，文盲都可以成为书法家。我含辛茹苦地几年下来，终于练成张牙舞爪的四个大字'龙飞凤舞'。这四个大字写得特别精辟，连电视台都跑到我们家里对我进行大肆地报道。"

宣然问："林墨瞳，你应该是正点的钢琴师的材料吧？"

林墨瞳严肃地摇摇头，说："我上不了正板，妈妈干脆让我沉下气来苦练一首肖邦的代表作，无论参加什么比赛都用这一支无坚不摧的'金钢钻'，横扫各大比赛的奖项。"

"肖邦的曲子你都会弹，厉害呀！"

"何内，别拿我开策好吗？每天除了吃喝拉撒睡，就操练那一首曲子，猪也能翻云覆雨了，没见动物园里大象灌篮！还有陶醉在朋克精神里的猴子耍行为艺术，那才是 DVD 的震撼品质。"

"那倒也是，中国处在高智商潜伏期的小孩学画画，十个里九个先拿墨虾开刀，五岁画得比齐白石还齐白石，家长觉得看着能吃了也就上了境界，中国真是个特能孵化大师的地方啊！"周宣然像个教育学家似的一脸的学问。

"听了那么多教授的感慨，我觉得自己好像真的成了音乐神童，典型的'一曲钢琴师'。"林墨瞳黑色的瞳孔浮上一层黯淡，让大家觉得天都灰了下来。

"他妈的，有时真不想学下去了，可看看我爸，前些年还挺积极的，今年不照样下岗蹲在家里靠老婆养活，吃尽我妈的冷眼。没有个文凭作后盾，身后的人轻轻一推就倒地身亡了。不好好地学，就得步我爸的后尘了。这年头，还真以为两千块钱可以买三部奔驰 600 和一个两百块的大轮胎去河里游泳啊。"宣然莫名其妙地敛往了笑容。

几个人疯言疯语地聊得很投入。何内坐在一边撩着水里突出来的气泡，像吞了几斤石膏似的，脸白得难看。

"完了,如果真的照你说的做,我死之前,都得拿个计算器在棺材旁边算一下,究竟哪一只脚先迈进去更科学。"宣然猛吸了一口湿润的气息,又轻轻地呼出来。

二

太阳一失足慢慢跌入远处山后深深的草丛里,山顶上涂上了一层灿烂橙红的染料,离太阳很近的几片淡淡云彩在阳光烘托下,像一扇里面失了火的窗户.

"不如我们折些小船,把我们的愿望虔诚地写在上面让河伯帮我们完成。"肖笈望着不远处贴近水面飞翔的水鸟,认真地说。"好啊,说不定河伯今天晚上出来晒月亮,会看到我们的期待。"何内一边说一边急急忙忙地从林墨瞳的书包里翻出一个本子。

林墨瞳说:"如果愿望不能实现,那我岂不是白牺牲了?"

"我发誓一定灵的,不然,林墨瞳今天晚上被水鬼拖进水里做掉。"何内一脸大义凛然地把两个指头蜷曲起来戳向林墨瞳的眼睛。

林墨瞳赶紧打掉何内极具杀伤力的手说:"你这人的心怎么这么黑啊。"

何内把纸分给宣然和肖笈,一脸的阴森:"我妈生我的时候为了节约材料,给我心里塞的全是黑心棉。还有啊,我做过器官移植,医生帮我换上的是狼的肝、狗的肺。"

麦昭延觉得这做法实在幼稚得很,可又觉得如果真的错过这次神仙的帮忙,岂不是要把悔恨带进坟墓里当枕头垫着睡,所以还是请宣然帮忙折了一只。

阳光在水上喘息着,像跳累了的红舞鞋伏在水面上昏睡。

"你许的什么愿啊?"宣然扭过头来。

何内笑着说:"嗯,我希望来世变只熊猫,专吃用来做笛子的竹子,你呢?"

"我希望我们家练字的桌子断腿一年,让我妈既不舍得扔又狠不下心买,我就可以名正言顺的休养生息一段日子了。我想林墨瞳一定希望他的钢琴被老鼠啃去一半,这样他就解放了。"宣然满怀憧憬地回答。

几只小纸船被郑重地送入水里,微微抖动着白色翅膀的纸船,在水面升腾起的水气中荡漾,那样子看上去显得很轻盈、很纤弱,就好像投在水面的一簇银色的蒲公英。一群潜伏在水里的水鸟低低飞起来,掠过水面,发出冗长而失落的叫声。

此刻宣然觉得,记忆像亦步亦趋地裹挟着他们的巨大的罩衫,越想摆脱它们,它们就越是张狂地踩着他们的脚后跟走,头顶上像套了一个金钢圈似的,想用手把它从脑袋口脱去,它就箍得越紧,要把他们的头弄碎似的。

麦昭延站起身来,他的胸口沉重地起伏着,嘴唇也在微微抖动。他走到岛中间的那片比他还高的芦苇丛里,拼命地用手撕扯那些坚韧的植物,他的手像一只咬死生物的猛兽的牙齿,他的声音由低而高渐渐地吼叫起来。何内打着赤脚也跑去,用劲地勒断一截之后,在地上拼命地摔打,她紧紧地抿住哆嗦的嘴唇,抽打着地上反复立起来又伏倒下去的芦苇。宣然愣在一边,开始惊异于他们的脸,上面柔和的光泽都已经隐退了,而眼睛里已燃起了火焰,似乎已经烧到了她的脚底。她跑过去把那些芦苇折下来,一边放在脚下踩一边大喊:"去你妈的竹子,滚你妈的笛子。"何内紧咬着嘴唇说:"就是,你看这就是毛笔,折腾我,现在轮到你了。"巨大的声响刺破暧昧的光线坠入沉闷的江里,小纸船像几个背着包袱逃难的瘦骨伶仃的女人,渐行渐远,头也不回!

三

暮色四合,天空低垂如灰色的雾霭。宣然已经在旁边大呼小叫地要回去了,肖笈的眼前似乎出现了母亲和周扒皮的脸的合成效果,于是也迫不及待地附和她。

麦昭延却不以为然地索性躺下来,脸上落下了一些寒冷的碎屑:"平常我们是木偶,今天自己就做一次主!"林墨瞳看着似乎空旷了些的江面点点头说:"对,做一次主。"

风夹裹着零星的雨滴扑打着他们脚边,身体都好像被这撕心裂肺的风吹透了。他们这才明白,脸上的一阵冰凉并不是无谓的错觉。雨点劈头盖脸地四处乱窜,何内一边用手遮住头发,一边说:"是该回去了,不然今天做了主,明天就该做'猪'了,闪!"。

被雨水浇打的野草,露出了梢头在水面上摇曳、挣扎着。

凉气更深了,风蓬勃地由江面阵阵袭上岛来,几个人踩着下陷湿滑的草地,跟跟跄跄地朝渔家小船走去……

看来他们还没到做主的年纪,耐心地熬吧!

张卫作品

刘小蕾，笔名魔鬼小妖，
女，出生于 1980 年。热爱
写作与旅游。

关键词　生日快乐　满弦　七十六岁　没有

"今天是我的生日。"他终于想起了，"我今天已经七十六岁了，七十六年，这么长的时光都跑到哪里去了？"

旧日重现

今天是他的生日。他在这个湿热的八月的早晨醒来，窗外的鸟叫扰得他心惊。他长久地盯着对面墙上那斑驳的墙皮，日光的照射已经使原本的青绿色褪成模糊不清的灰白。

"今天是我的生日。"他终于想起了，"我今天已经七十六岁了，七十六年，这么长的时光都跑到哪里去了？"

他艰难地从硬板床上爬起来，穿着一件白色的大背心站在窗前。背心已经洗得有些发黄了，背上还留着几层汗渍，就在几年前，他出门还一定要穿上笔挺的西装、戴一顶白色的礼帽，那股精神头，很多小伙子都比不上，可是这几年，他终于慢慢学会不去在乎了。他望着窗外，那棵有一人合抱那么粗的杨树去年被砍掉了，只留下一截盘结的树根，还有树根旁边一些不知名的野花在怒放着。

"今天是我的生日。"

邻居的狗干涩地叫了几声，一只小猫沿着阳台的边檐，悄悄地接近一只正在歌唱的小鸟。第一束阳光射下来，几只正在空地上啄食的麻雀飞起来，又落下去。晨雾在阳光的逼近下一点点的向角落里退却，最后一颗星星也在天空中隐去了，八月的热气现在就已经开始从地底冒了出来。

他，七十六岁了。屋顶沉沉地压下来，四面墙壁包围着，整个房间都屏住呼吸。当他动手开始整理床铺，他可以看见细小的灰尘在金黄的阳光中跳舞。送牛奶的人从楼下到楼上依次打开每一家的奶箱，送报的人则从楼上到楼下挨家把那些报箱填满，这就是新的一天醒来的声音。

他拿进报纸，厚厚的一叠。现在的报纸也不像从前了，只是薄薄的一张，而且最多只有红黑两种颜色。现在的报纸都是全彩的，上面印着漂亮的广告，告诉人们购买哪种产品会有到国外旅游的机会。他从来没有坐过飞机。外国？听起来多么遥远的一个词。

他给自己沏了壶茶，壶柄已经磨得发光了，还有两块昨天吃剩的糖饼。这样的早餐并不算坏，不是么？他摊开报纸，小心地不让糖饼的碎末掉在地上。报上除了广告就是一些骇人听闻的标题，虐待，谋杀……整个世界正在变得越来越疯狂，但是没有人意识到。现在，阅读这些长篇大论对于他来说已经很困难了，他很难让自己的精神集中在铅印的小字上。不久，他就走了神，他回想起那时的那些生日。那些年轻的姑娘小伙子们聚在一起，唱歌，庆祝，谁也不会去想还在他们前面的遥远的死亡。

"时间过得真快。"他说。

这些年来，他总是自己对自己说话，已经找不到别人来倾听。柜子上的座钟当当地敲了起来，他从椅子上站起来，打开那架古董级的收音机，那熟悉的声音传来：中央人民广播电台，现在是新闻及报纸摘要节目……这么多年了，只有这个还没有变。

不过他仍然没有听到那熟悉的声音都在说些什么，他的思想又跑回到了过去。

"今天的新闻与报纸摘要节目播送完了……"

这时他才清醒过来，他穿上一件短袖的衬衫，换上凉鞋，准备面对这漫长的一天。

他关好窗，又仔细地检查了厨房的煤气，确定没有问题才去打开大门。

梅婷站在门外，脸上带着灿烂的微笑。

"生日快乐！"她说。

他也向她微笑着，然后叹了口气，因为梅婷并不真的在那儿。

他出了门，路过门卫的时候他特别留意了一下，没有一封给他的信，贺卡、明信片都没有，七十六岁了，可是现在谁还会记得呢？

就在他家门口不远，有一家新开张的大型超市，他只去过一次，太多的人拥挤着，小推车撞在一起，结款台前排着长长的队。有又太多的东西可供选择，也许人活到这个年纪才会明白，没有选择有时候也是一件幸福的事。

他宁可走得远一点，到小市场去买东西，卖货的人还会热情地和你寒暄两句。至少显得不那么孤独。

偶尔还能碰上一些老熟人："哎呀，是你啊，最近过得怎么样？"

"我啊，就那么回事吧，你呢？你看起来好像很精神啊！看上去过得挺好啊。"

"我就是马马虎虎吧。你倒是好像越活越年轻了……"

时间就这样在这些礼貌的问候中慢慢地过去了。

回家的路上，他照例在那个小公园里坐一下。梅婷从树荫下向他跑过来。

梅婷上个月才满十四岁，他最近经常能看到她。昨天她就和他一路去的市场。

"我没有忘记你的生日。"梅婷说。

"我知道，我知道。"

"你今天和我一起去骑脚踏车么？"

"不行，婷婷，我们不能一起骑脚踏车，因为你已经死了。"

太阳升得更高了，梅婷就像一个美丽的泡沫一样，消失在空气里。

"婷婷，"他悲伤地把头埋在自己苍老的双臂中，"我可怜的婷婷。"

他在太阳把大地完全加温之前，回到自己的家中。打开窗，放下窗帘，然后坐在自己吱吱响的藤椅上，望着这个明暗不定的房间。座钟敲响了十下。可怕的上午十点钟！没有任何事情可做，摆在他面前的一天似乎漫长到永无穷尽。只有等待，幸好不久就可以为自己准备午餐。但是午餐之后，又是等待。时间这时就像一条冗长的夹道，空无一物，又哪里都到达不了。

他再一次试图阅读早上送来的报纸，那些铅字甚至在他眼前跳跃起来，带上眼镜也无济于事。

"婷婷。"他靠坐在藤椅里，轻声的念着她的名字。

婷婷，梅婷，蒋梅婷。

他闭上眼睛，她的样子又浮现在他的脑海里，十五岁，天真，烂漫，他的思维慢慢地变成一片混沌。这时响起了敲门声。

他蹒跚地走到门口，打开门，梅婷就站在那儿，混合着少女的柔情和孩子的天真，就在他的面前，是什么创造了这个奇迹？

"你今天和我一起去骑脚踏车么？"

"我很想去。"他边说边回头向屋内看，妈妈坐在那边的沙发里，默许地

—— 岳敏君作品《无题》——

　　这种视角，才可以看见一点东西。他们在我弯腰的那一瞬间把窗户关上。我看到一排出门的鞋子在等待一双脚。我从来就没有从这个角度看过他们。

　　你们笑吧，我的表情总是这样。

　　"每天这么看一次，练我的腰。"

点点头。

他和梅婷一齐冲出门去，两个十六岁的孩子，都那么快活。

他们彼此交谈，彼此欢笑，他们都昂着头向前，一种无形的吸引力把他们绑在一起。

"你会永远爱我么？"他问。

"会，永远。"

年轻的日子那么简单，爱的誓言也那么简单。

十七岁，他和父亲出去应酬，父亲说他已经长大了，可以去见见世面。歌舞厅，夜总会，他的确是见了世面。黑色的领带，褐色的雪茄，红酒，长裙，成熟而放浪的女郎。不用多久，他就已经学会了享受这一切，一切。

他整夜地和一个舞女跳舞，并和她回到她的家里。

十七岁的梅婷，纯洁得就像水中的荷花，圣洁美丽，不可亵玩。十七岁的少年却冲动激情。梅婷献给他她的爱，可是他还想要更多。梅婷不能给他的，舞女可以给他。

十七岁的梅婷哭泣了。

婷婷，这都是我的错，我的婷婷。

"你不想和我在一起了么？"她的眼泪落在她的脸颊上，又落在她的衣服上。

但是他的心被激情充满着，什么样的温柔也无法阻挡。

直到梅婷病了，他才想挽回一切，但是已经太晚。

我们的婷婷永远也没满十八岁。

我的挚爱，永远地离我而去了！

当！当！座钟又开始敲击时间，他从梦中被惊醒。

"婷婷！"他呼喊。四周却只剩下一片沉寂。没有梅婷的身影，只有回忆纠缠着他。

他为自己做了晚饭，广播里放着嘈杂的流行歌曲，他听不惯，但他依然开着收音机，他需要一些东西来分他的神。

饭后，他走到乘凉的人们中间，和大家一起看太阳下山，他们的那些话题他都不感兴趣，他们对他也不感兴趣，连续剧开始了，大家也渐渐散去。

他又回到空荡荡的房间里，又是独自一个人。

又是一个闷热而孤独的夜晚，他为钟上了弦，然后关掉灯，半躺在床上，他数着钟声，第一次，钟敲了十下，第二次，钟敲了十一下。月亮从敞开的窗户里露进脸来，没有一丝风，月光轻柔得就像梅婷的微笑。

梅婷带着那混合了悲喜的微笑站在他的床边。纯洁的梅婷，等待着他。

"你现在想和我在一起么？"

"是的，如果你愿意。"

他飞上天去，把他的七十六岁，留在那个僵硬的木板床上，他和梅婷手挽着手，在月光里翱翔。

屋子里，只有上满了弦的钟还在不停地摆动。

—— 赵半狄作品《赵半狄和熊猫咪》——

"到今天才会说出这句话，并不意外。"

我没有眼泪，跟在你们的后面。给自己找棵安静的树，我把他砍断，城市不需要一棵树来证明我们的生活质量出现了问题。每个人在自欺欺人地活着。

不是。城市需要的是一片树林。

| 关键词 | 安妮 | 碎落 | 淡定 |

意子, 本名姚意华, 现居天津, 1982 年 12 月生。

安妮的文字中没有曲折旖旎的情节，神散形散，支离破碎。所以安静的人最适合看。

彼岸盛开之花

在接触安妮的文字前，我一直喜欢琼瑶古典式的伤感。那些完整的故事情节，以及不食人间烟火的女子还有那些深爱挚爱跨越生死的爱，都让我感动。同时，我也喜欢古筝弹奏的《梁祝》，宛如天籁的曲子；也喜欢周星驰无厘头的泡沫喜剧，喜欢沉溺于这种感伤至极和快乐的巅峰里。我在琼瑶的故事里落泪，在周星驰的世界里咧嘴傻笑。也许外表安静的人，除了有一颗感性敏感的心以外，还有许多澎湃的感情。我想安妮也是如此。

早在《女友》上看到过关于安妮的文章，只是浮光掠影，并没有多留意。当在网上再次看到她的文字，立马去买她的书，一本又一本，细细地看，慢慢地品。那些惊艳的文字，灵透的诡异另类的幻想情节，包含了情欲、暧昧、疼痛、晦涩、还有温情。种种种种都一目了然。安妮是个大胆的女子，她把隐藏的阴郁无所顾忌地袒露出来。

安妮的文字争议性极为强烈，有诋毁，也有共鸣。诋毁的人说看她的书使人心情沉重不快乐，充满了颓废和阴暗。共鸣的人说，她袒露的是心声与无奈。网络给予人太多的言论发泄自由，他们肆无忌惮、锋芒必露。只是大部分人早已习惯麻木，习惯自欺欺人，从而得到盲目的满足而并不自知。

她说,"我把我的文字写给相通的灵魂看。""他们会看到自己在里面。年老的人看到盛放,年少的人看到枯萎,失望的人看到甜美,快乐的人看到罪恶。"她早已自行概括,不留余地。

安妮的文字中没有曲折旖旎的情节,神散形散,支离破碎。所以安静的人最适合看,不要忽略文字中的引申义,往往是别树一帜的独到见解,似繁花落尽的凄美。

"我们始终孤独,只需要陪伴,不需要相爱。"——《告别薇安》。这是个散乱的网络故事,林这个不断在文字中重复出现的男人,他的不完整他的冷酷他的欲望直抵人心。还有安的神秘、寂寞,乔的痴迷。一个个碎落的情节,最终的伤情,犹如一场独白,令人深思。

"生命成了一场背负着汹涌情欲和罪恶感的漫无尽期的放逐。"——《七月与安生》。许多人都喜欢那个叛逆,脆弱敏感的安生。她的期盼,她的绝望,安妮都着了浓墨,她把安生形容成一棵散发诡异浓郁芳香的植物,会开出让人恐惧的迷离花朵。可是我却喜欢七月,她在信仰的友情、失落的爱情两者中挣扎,在抉择中矛盾。她表现的豁达与善良,使我心疼。

"他是她可以轻易地爱上的男人。他是别人的。"——这是《暖暖》中的爱情,最终被放弃的爱情。她不知道她需要些什么,最后只能寻找被动的幸福。这种无奈,虽然感伤却异常美丽,犹如盛放的烟花,拥有唯美的瞬间。最终消失,变成美丽的遗憾。

"都市里太多暧昧虚伪的感情,若即若离,自以为高明,但脆弱得经不起一丝怀疑。"——《彼岸花》里乔显得独立,不受拘束,不甘于世俗的人生观,还有她不堪一击的寂寞。这是个白衣蓝裙的女孩,她的成长,她的憎懂,以及执著的感情,都让人不留余力心疼。还有林和平,这个来自不完整家庭的有着缺陷的男人,他的冷漠、反叛、自我逃避,以及最终选择的隐于现实,都给人意料之外的另一种人生。安妮充分地把握好了这之间的尺度。塑造出主人公们隐藏的缺陷和盲目的挣扎。

"不要束缚,不要缠绕,不要占有,不要渴望从对方的身上挖掘到意义,那是注定要落空的东西。而应该是,我们两个人,并排站在一起,看看这个落寞的人间。"——这是安妮在《蔷薇岛屿》里穿插的爱情观。比任何时候都淡定。是一种千帆过尽后的真实。还有那些因瞬间感动而定格的摄影。最喜欢她写的与父亲的一段,父女间最里层的隔阂,以及亲情诀别的深刻。有关情绪波动的段落看来轻描淡写,却有着刻骨铭心的沉重,沉痛得令人落泪。

"父亲的孤独和理想,压抑和激情,坎坷和智慧,劳碌和责任,一路牵绊。"这是所有父亲的缩影。

血浓于水,是的。

看安妮散文的时候,心情平静,安然。一些细微的生活琐碎,安妮擅用沧桑冷静的笔调来叙说,表面波澜不惊而内藏暗涌。相对来说,我更喜欢她的散文。散文里的安妮是恬淡的,少了小说的激越,而多了一颗平常心。

最近看了《二三事》,发现安妮的笔触变得更为淡定,更为娴熟,只是那些阴影还存在。良生,莲安,这两个在盛世中挣扎、叛逆的女子,她们不屈服的命运和宿命的定格,在安妮的文字中纠结,缠绵,生生不息。她的文字我都有收集。这些书以后都会放在我的床头,每天翻上几页,听几遍《梁祝》的古筝曲,然后安然睡去。

在安妮的文字中,我曾幻想她的样子,她的声音。把她同白棉布裙子,各色香水,咖啡,三五烟,威士忌苏打联系在一起。像大多数读者一样,把她想像成眼神冷漠、神情桀骜不羁、独行倨傲的另类女子。或许笑容中还会有一些隐约的暧昧。当我在网上不经意地看到安妮的照片时,才发现并非如此。光洁的额头,淡定的眼神,沉静的气质,眉宇间的疏离,唇角微翘时的落寞,着装是不夸张的前卫,少了文字中女子的张扬,却多了分小家碧玉似的古典优雅。或许这才是完整、真实的安妮。或许她并不属于现时,而应该出现在旧时的上海,红袖添香的年代,一群衣着旗袍才华横溢的优雅女子中。

　　关于文学的评论,我噤若寒蝉。我只是一个局外人,只能表达一个读者纯粹主观的喜欢。喜欢安妮,这个灵异得令人发慌、心痛的女人。喜欢安妮笔下主人公的极端,他们的缺陷美。喜欢那些唯美的文字,像饱尝沧桑、历经世故而傲然开放的花。

　　而我,现在只是沉睡的"孩子",大孩子,渴望早日苏醒,或者干脆长睡不醒。

萧昱、王永刚作品《流动》

父亲老了

他不再挺拔，不再魁梧。可是，他为什么老得如此之快？那原本古铜色的脸，早已被一条条一条条的皱纹吞噬。

在网上看到弟弟的留言。

父亲病了。父亲病了。父亲病了。

我的心纠结在一起，不可名状的疼痛。脑海中浮现出父亲的模样来，病弱，劳苦，衰老，他的皱纹，他的声音，他的辛劳。他的影子在脑海中盘旋，我只有心痛。我能够为他做些什么，我只有默默地流泪，爱莫能助。

山高路远，我远在家乡的父亲，他的疼痛我不能为他分担。记得九月初，我出来后的第一次回家，我的行李很轻，我的责任很重，我不想就这样回家，我是如此的倔强。可是我想家，我想把回家的脚步放轻些，再轻些，我没有给家人任何讯息。我以为我会不留痕迹地掩饰内心的空洞，我以为我会做得更好,我以为我会被所有人忽略,我以为我可以逃避家人的关怀,我以为我坚强不摧。可是,当我看到守候在车站外的父亲伛偻的背影的时候,注定我所有所有的伪装都崩溃。他早已在那里等候,他远远地看着我,不敢肯定地看着我,他的女儿,他离家已三年的女儿,已经长大了,已经不再是那个娇小,拽着衣襟耍小脾气的小女孩了,不再是那个爱哭爱闹的小淘气了。

我叫了声爸,他定定地看着我,灰黄的瞳孔忽然闪现炯炯的光芒,他疾步走向我,握紧我的手。还是那双手,那双宽大的布满老茧的手,他的厚实,他的温暖,那双曾经停留在我童年记忆中的手,他用它把我高高地举起,轻轻地抚摩着我的头发,轻轻点我的鼻子,带给我亲情最简单的快乐。

可是,他为什么老得如此之快?那原本健壮的身躯,曾经背着大大的木工箱,风里来雨里走,用手心里的斧子开辟我们一家四口的生活,可如今,他不再挺拔,不再魁梧。可是,他为什么老得如此之快?那原本古铜色的脸,早已被一条条一条条的皱纹吞噬。疲惫满脸地张扬。可是,他为什么老得如此之快?那原本矫健的步伐,我以为再重的担子也不会坍塌,可如今他早已蹒跚。

我错了。父亲老了,老了,他也需要人的呵护了,他也力不从心了,他也需要人爱怜了。我可以为他承担些什么?遗落的梦想?岁月的沉重?生活的残酷?还是年迈的无奈?我可以吗?可以吗?

在家八天,短暂的八天,父亲一刻也没停止他的劳碌。离家的时候,他为我订好票,执意要送我。初秋的天气已微微转寒,下着小雨。父亲依旧单薄,他把一些家乡特产塞满了我的行李袋,又固执地要为我背。我默默地跟在后面,要为他撑伞,可是他一个劲地说,我不用,我不用,你小心感冒。我的父亲,为什么我从来不理解他的关爱,他的苦心?而只是一味地姑息自己的叛逆?

当我长大了,理解了,可是父亲老了,病了。我无能为力,惟有心痛。电话里父亲声音沙哑、疲惫,他一再强调,不要为我担心,不要为我担心。可是我只有无语地流泪。父亲,我的父亲,我能看到你欣慰的笑容吗?能为你承担所有的疼痛吗?如果,如果可以,我愿意,我真的愿意,哪怕耗尽我所有,甚至生命。

谭少亮,生于 1984 年 2 月。曾获第五届新概念作文大赛一等奖。

关键词　　咖啡豆　　深陷　　侧面　　潮湿

一

第一次遇见魏文卿是在约稿的杂志社。

　　杂志社的总编在 E-mail 里让我在一个星期内把一篇关于地下乐队的稿写好,我熬了几个通宵躲在黑暗潮湿的屋子里用电脑打出了文章。攒着厚厚的稿子来兑换我这个月的全部生活费用。我现在就用一堆上面黑压压的全是字的纸张来换一叠花花绿绿的纸张。总编很满意地笑了,递给我准备好的稿费,我数也没数就塞进了包里,带上门走了。

　　我在想着前几天看好的一条暗花碎纹的裙子,抬头就看见了这个季节,路两旁的樱花已经盛开了,粉白的花瓣飘着清冽的香味。路灯昏暗,小路上回荡着我们微弱的呼吸,我说我到了。

用寂寞的手指
磨碎我的爱情

魏文卿。其实那一刻我没想到要让个位置让他过的,只是在想自己是否穿着旗袍? 魏文卿站在那里,我以为自己碰见了梁朝伟。他看起来很阳光的,但在我侧身,他与我擦肩而过的时候,我看见他抱着稿子的手渗出淡淡的带烟味的忧伤。他的侧脸很好看。

一个星期没见了阳光,竟然有点不习惯了。我挎着包到超市买了几大袋子的食物,我一个月就只能有几天去外面的,其余的时间就在我那间黑暗潮湿的房间里写作,喝苦苦的咖啡。我喜欢在超市里买很多的咖啡大豆,然后回家自己磨。咖啡让我的生活变得没有规律,我总是用电脑写作到深夜,然后在别人工作的时间我就趴在键盘上睡着了。

杯子里积了厚厚一层的咖啡迹,我不会刻意地去刮掉它们,只是想留着,见证点什么的。

几乎每个星期在我到杂志社交稿的时候都能看见魏文卿的。他和我一样都是靠微薄的稿费生存。那天他在走廊的长椅上默默地坐着，地下很多烟头。他弓着身，两只手架在大腿上，烟不停地在他嘴唇和手指间活动。额前垂着几缕发丝，凌乱。我走过去进了总编的办公室，然后出来，离开。他自始至终没有抬起过头。

晚上我磨了杯咖啡放在电脑旁，抱着腿蜷缩在椅子上。屏幕上还是一片死寂的空白。我来回地摸着杯沿，烫手的热气把手指缓慢地蒸发着。我不知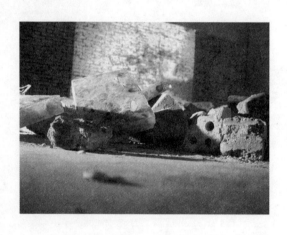道自己为什么一直在想那个坐在走廊的男人。他夹着烟的手指为什么有着那淡淡的忧伤？我用手盖住了杯口，然后松开，又盖住，松开……手心的温热让我觉得暧昧。

我把咖啡倒了。

一个星期后，我又去交稿，没见到他。我向总编问了一下关于他的事情。总编只是笑了笑，把桌上稿子上的名字指给我看，然后说：他刚走的，平时也不多说话的，只是和你一样，每星期来交稿子赚生活费用而已。我说能把他的稿子给我拿回去看一下吗？明天再给你送来。总编说反正还不急，好吧。

又磨了杯咖啡。在书桌上看他的文章。稿纸上有隐约的烟味。他很奇怪，喜欢用手写的，我一般都是用打印机把文章打出来，他的字有点乱，但很有力的那种。墨水在某些字上化开。他比较喜欢写诗，很颓废忧郁的那种，我不知道自己是否能看懂它们背后想要表达的意思，但我能感受到那淡淡烟味下的文字里透出的寂寞。他的诗里好像活着一个女孩，一个喜欢把背靠在高高的桥栏上然后向后仰的女子。那女子在向他微笑，很狡黠的微笑。我摸了摸杯子，咖啡凉了，那阵冰冻通过手指流向了胸口，我打了个寒战。

一个星期,两个星期……每个星期我都用同样的方式从总编那里借了他的稿子。在我带上门的时候,我听见总编说:有时候,我们是不能深陷的。我便仓皇地逃走了。后来我又在走廊里遇见了魏文卿。他的头发长了,遮住了眼睛。我走过他身边的时候,看了他一眼,他抬头,眼睛从长长的头发里露了出来,没有声音的对视。他的眼睛很深,直至今天我也读不懂他眼睛里的内容。我不敢多看他一秒,我开始心虚,我不知道他是否从我眼睛里看到了什么。

　　我连续喝了4杯咖啡,摸着桌子上的稿子,他熟悉的笔迹。我一遍又一遍地看,他的文笔越来越凄凉,在墨水化开的地方还有无尽的憔悴。我看到了那个女孩,她让人窒息的笑容,她在向他宣示着什么?我看到他的手在颤抖,他在害怕。他却似乎对那笑容不可自拔地沉迷。我忽然就感到手背有温热的水珠在滑动。我在黑暗中摸索咖啡杯子,好像撞到了什么,一些黑乎乎的液体流向了稿子,渗透,化开。我呆了,手足无措地拿起稿子在半空挥着,黑乎乎的水珠往下滴。

　　我把稿子还给总编的时候是打印机打出来的,她有点惊讶了,我微笑着,她似乎知道什么,不需要我的解释。

　　我出了杂志社,晚上11点多了,我很久没在黑夜里出来了。一切本来在白天里熟悉的景象在黑夜里一下子陌生了。我进了附近一间酒吧,

只要了一杯黑山咖啡。比我磨的要苦，可能是加了什么。吧台上一个男人在抽烟，那姿势我一辈子不会忘记的，是魏文卿。他喝了很多酒，一个劲地在抽烟。我呷着浓浓的咖啡，远远地看着他，他的侧脸很好看。一直到打烊，全部人都走了，就剩下我和他。一瓶酒喝到一半的时候他的手垂下，昏睡了过去，酒瓶摔在地上，溅开了无数的碎片。

我帮他付了钱，带着他在街上胡乱地逛着，不知道该送他回哪里。

我把他扶到附近的公园，把他靠在长椅上，躺下。我用水沾湿了纸巾，拍打着他的脸和额头，然后他一下子吐了，吐得满地都是。我只好又把他搬到另一张长椅上。我抹了抹他的嘴唇，坐在椅子的一端，把他的头搁在我的大腿上。他安静地睡着了。周围万籁无声，夜黑得好苍凉。他像个小孩似的，我把手放在他的额头，轻轻地拨开他额前遮住了眼睛的头发。他忽然拉着我的手，迷糊地说了些什么。我摸着他的手指，很细很长，冰凉的，我把鼻子贴在他的手掌上，很浓郁的烟味，我却舍不得放开，就像我爱着苦苦的咖啡一样的迷恋他手的味道。

醒来的时候，魏文卿不见了，公园里很多晨练的老人。我身上盖着他的外套，我的手和脚，还有脖子，全身都麻痹了，根本站不起来。我就坐在那里，看老人们锻炼，公园里的空气很清新，是露珠和泥土的味道。我裹紧了外套，失落开始蔓延……

星期一我到杂志社交稿，带上了魏文卿的外套。他坐在走廊上抽着烟。他看见了我，我们对视，沉默。他把烟丢在地上，用脚踩灭。我把外套递给他，转身进了办公室。我交稿的时候桌子上没有他的稿子，总编说他这个星期没交稿子。我笑了笑，出了办公室，魏文卿已经不在了。地上还

—— 金锋作品 《我的形象消失之过程 1》 ——

没有人愿意用一生的代价，站在这面玻璃面前。

每个人都想看见自己，老天就是爱捉弄人，恰恰相反，这是一面看不见自己的玻璃。

你们已经明白逃走是一种徒劳，各种游戏在不断地策划成功。从人形天桥上下来吧，到大街上和房间里仰望天空，曾经就在面前昏话昏迷不醒。

"玻璃就在面前，击打它。"

有一个未熄灭的烟头。

我磨了很多的咖啡豆,壶里的咖啡浓得化不开。手边是那浸了咖啡已经干了的稿子。棕色的纸张,熟悉的咖啡味道。我开始想到那个有着狡黠笑容的女孩。她一定存在的,魏文卿是深深地爱着她的。我照了照镜子,献媚地笑,很想在镜子里看见那个属于另一个女孩的狡黠和张扬,却变得如此的难看。

流泪。
我在交稿的前一天晚上才开始写稿子,一直像没了灵魂似的呆在电脑前。到了交稿那天,魏文卿没来。总编对我说这个星期的稿子不能用,她说的时候很小心地看着我,我脸上却没有任何的表情。

我在崩溃。
出了办公室,魏文卿坐在长椅上,没有抽烟。他抬起头,额前的头发散落在眼睛旁边，冷漠的眼神。我越过他的视线走开，我知道自己的贪婪已经带来的危难。我停住了，一阵冰凉由手臂涌上，魏文卿拉住了我的手。那刺骨的寂寞只有他的手指才能传达的。我回头就和他焦灼的目光相撞了。

我们来到了上次的酒吧，一直沉默，他点了一杯 TEQIELARTRY 给我，然后开始抽烟。我说我要走，他说我送你。我们一路地走着，这个季节，路两旁的樱花已经盛开了，粉白的花瓣飘着清冽的香味。路灯昏暗，小路上回荡着我们微弱的呼吸，我说我到了。他抬起头，突然抱紧了我。我搂着他的腰，紧紧地，彼此不肯松开。我把头埋在他的怀里，深深地吸着残留在他身上的烟味。

二

我从原来的地方搬了出去，和魏文卿同租了一间更暗更潮湿的房子，房子是他选的，从我们的房间能看到外面的天桥。我们经常在潮暗的房子

145

—— 史金淞作品《冷兵器I》——

尘封它们,让它们永不超生,让冰冷的更加冰冷下去,不要沾上哪怕是一丁点人的温度。

无论是什么形状,它们总有一道吸血的唇,它们就用一片唇与世界交流,铁匠曾经自豪地称它为刃,铁匠现在已经闭上了嘴。

"你温暖的皮肤只要挨上他,它将把你吸干你最后一滴血。"

这是一些遭到诅咒的精灵。

里开着灯写作,他依然用黑色的碳素墨水,我也仍用我的电脑。饿的时候就吃冰箱里的食物,累的时候他就抽烟,我就磨豆泡咖啡。他不习惯喝苦,我就在咖啡里放很多很多的糖。夜很深的时候,我还在敲着键盘,他坐在窗台上,头倚着墙,点着烟,默默地看着外面的天桥。他的侧脸看起来很动人。我走过去,紧紧地搂着他,搂得他不能呼吸,那个有着狡黠笑容的女孩到底和他有什么关系?我不想看见他望着那座天桥所流露的深情。他捧着我的脸,温柔地吻着我的唇,眼睛,耳朵。他细长的手指游走在我每一寸敏感的肌肤上,他的寂寞和忧伤一点点地渗入我的骨髓里面,让我一直地深陷。我狠狠地咬他的嘴唇,咬得流出了血,我说我要我要你以后和别的女孩子接吻的时候就想起我。他微微地笑了,我第一次见他笑,眼角是深深的鱼尾纹,他用刚长了几天的小胡子扎我,说,那我要你以后和别的男孩撒娇的时候想起我。我使劲地捶他。

这天早上魏文卿出去了,就我自己一个人在潮暗的房子里,我不想出去,长久地把自己置于黑暗使我已经失去了对峙阳光的能力。我摸着自己的脸,镜子中的我如此的苍白,薄弱的身子仿佛时刻在流失着什么。我给窗台上的花浇水,窗台外的天桥一如既往地矗立在那里。我看见魏文卿站在那里。我的手颤抖了一下,水壶跌在了地上。他背靠着栏杆,身子慢慢地向后仰。我看见他细长的手指在空中划出很漂亮的弧线。

晚上我关了电脑,趴在魏文卿的怀中,说,文卿,你以前是不是有过一段故事和外面的天桥有关?譬如一个站在天桥上的女子?沉默。我没想过要答案的,我知道他不会给的。可他站了起来,点了根烟,靠到窗台上去,望着那天桥说是的,她结婚了。我忽然就有种放松了的感觉,起码我知道那个有着狡黠笑容的女子不能再对我有什么威胁了。

星期四,我领了稿费,到超市去买食物。我一次要买一个星期的食物,还有一些生活用品。出来的时候手上全部都是购物袋,不是时候的天开始下雨,我拼命地跑,停住了一辆TAXI,准备上车的时候却被一个面目狰狞的女人把我给逼了出来,由于路太滑,我被推到了阴沟里,袋

子破了，所有的东西滚了一地。我全身都是脏兮兮的污水，一阵腐烂的味道。满街的人跑来跑去，却没有一个人可以帮我。我撑着爬了起来，雨越下越大，看着撒了一地的食物，我想到了魏文卿，而他却不知道在哪里，我就蹲在了地上哭了起来，这一刻我多么的无助。

终于回到了家里，魏文卿还没有回来，我洗澡换了衣服。磨了杯咖啡蜷缩在沙发上。这个时候特别的想魏文卿在我身边，这么多年来自己一个人生活着，从来没有如此的龌龊，如此地想念一个人，我想有个肩膀能让自己依靠。魏文卿一直没有回来，我在沙发上睡着了。

第二天我醒来的时候房间里仍然不见魏文卿，我头晕得厉害，全身滚烫得像烧着一样。我发烧了。外面还在下雨，文卿，你在哪里？我下去买了点感冒和退烧的药片，吃了以后就昏迷地睡了。头像裂开似的，身子一会冷一会热。我蜷缩在被窝里发抖，口干，出汗。我最需要他的时候他却不在我身边，我好害怕自己就这样地死去了。

一天一夜，我烧慢慢退了，魏文卿依然没有回来。我不知道他是不是出事了，披了件外套就到外面去找他。我到酒吧去找，到杂志社的办公室找，他都不在，我想到了天桥。我绝望地走到那里。我在想如果真在那里见到了他，我是不是应该放弃了？到天桥的时候，他不在，我却像印证了自己的客户没有犯罪的律师一样松了口气。我拖着带病的身躯回到家里。魏文卿坐在沙发上默默地抽着烟。

他抽得很狠，地上全是烟头，我才发现他的头发已经长到能把整张脸遮住了，只看见烟在他薄薄的嘴唇和细长的手指间周旋。我无法辨认我曾经以为熟悉的面容，我坐到了他旁边，你什么时候回来了？他没有回答，只是抽烟。他的手在颤抖。你是不是见了她？我发了疯似的用桌子上的稿子掷他，他依旧沉默。你为什么要这样做？为什么……我声嘶力竭地喊着,到后来我终于听不见自己的声音,瘫倒在了地上。他踩灭了最后一个烟头,脚跨过我的身子进了房间。

有时候我真的宁愿是他手上的一根烟,起码在他嘴唇进出之间能够感受到他真切的气息,我现在连听他说一句话的权利都没有了,那个天桥的女子到底怎样折磨着魏文卿?

三

魏文卿很久没写东西了,他整天地流连在酒吧里。晚上他又醉醺醺地回来,我扶着他,他甩开我的手,用那双冷漠的眼睛望着我,呼吸急促。我们分手吧。他看也没看我脸上此刻的表情便带门进了房间。我默默地推开门,他坐在床沿上,双手架在大腿上,细长的手指深深掐进头发里。我把所有的衣服脱了,紧紧地搂着他,我把他的手放在我的脸、胸、腹……他吻我,薄薄嘴唇在我身上移动,我们彼此用最原始的方式温热着对方的躯体,他深深地进入我身体的时候,他喊了另一个人的名字。我狠狠地用牙齿咬他的肩膀,直到流出了血。我以为和他上床就可以挽留他的心,原来一直都是我自己的一相情愿,我为什么要这样作践自己?他捂着流血的肩膀,泪水就沿着满是汗水的脸落了下来,我第一次看见一个男人哭得如此的伤心,还是我最爱的男人。我伸出手,把他搂进了怀中,他的泪水顺着我的胸口一直地往下滑,狼狈得像一个孩子。我舔了舔他流血的肩膀,说:为什么要这样对我?就是为了报复爱情吗?你有爱过我吗?

—— 周斌作品《水印历史》——

都江堰穿城而过。

我一个人,提着红色的塑料桶,穿城而过。

提着都江堰的水,我们在城市里穿行。河水在桶里摇晃着,我寻找昨天的遗迹。

在一墙即将被撤消的墙前,我们停下来,这些昨天的遗物,证实昨天确实存在过。明天即将在这里消失。时间靠一堵墙来传递?我默认了。

站在昨天的废墟上,我与水一起清洗出一幅幅人的影子:眼睛、鼻子、手,有奔跑着的脚,还有发热的脑袋。二个小时过去了,我还在用水清洗一幅幅画面,通过手的涂划,通过笔刷的起伏,我与都江堰的水,共同在墙上切入人的身体。我在一次次接受清洗。

把人字形梯子折合成一,我爬上去,与都江堰的水一起站在梯子上,涂画着清洗着名牌的标志等商业符号。一切都只是符号:他们、她们、它们。我们被符号遮蔽,我们成为符号,我们清洗着。整整八个小时,我内心的符号有所削弱,我们还被符号遮蔽着:红色塑料水桶、蓝色牛仔裤等等。摄影师把我们留下来。昨天的废墟在今天将被我们清洗。

他没有答我。我推开他，用尽了力哮道：你说话呀，你到底有没有爱过我？你不要这样折磨我好不好？你说话……我赤裸裸地趴在床沿上哭着。他起来穿了衣服冲了出去。我已经再没有力气站起来了，文卿……

45天了，魏文卿一直没回来，我到处找他，酒吧，天桥，我每天就在那些地方等他，等他回来，我已经有好几个星期没写稿了，生活变得很潦倒。我最近还经常想呕吐，经期也推迟了，我知道自己是怀孕了，我却依旧每天喝很多的咖啡，我开始迷上了烟，一包又一包地抽，那是魏文卿抽的牌子。我一定要找到魏文卿，告诉他我有他的孩子了，他就一定会离开那个狡黠的女子。那个可恶的我从来没见过却把魏文卿的心永久占据的女人。我摸着微微隆起的肚子笑了，放声忘情地大笑。

98天，魏文卿依然一点消息也没有，我登了寻人广告也一直没消息。我的肚子已经隆起得很明显了。魏文卿那瓶没盖盖子的墨水已经干了。我开始发了疯地翻他的东西，而他却什么也没有留下，只有几张写了诗的稿子和没有洗的衣服。我绝望地把他所有的稿子撕烂，放进了口里。憎恨。

我磨完了所有的咖啡豆，登广告也用了我大半的积蓄，我从银行里把仅剩的钱取了出来，到超市去买咖啡豆和烟。我买了当天的报纸，在我出了超市的时候，我在报纸上看到了魏文卿，照片上他是趴在地上的，看不见脸，但我认出了他的衣服和手指，他杀了人，报纸说他把一个三十多岁的男子杀了，那男人曾经和魏文卿好过，后来结婚了，想过正常人的生活，而魏文卿总是缠着他，最后还因为他不肯见魏文卿，而被魏文卿杀了，在杀了那男子以后，魏文卿也自杀了。我看见他手上血淋淋的刀子。他是一点点地把刀子捅进自己身体的，他害怕痛，他的手在颤抖。我摸了摸隆起的肚子，自己一个人笑了起来，街上的人像看疯子一样的看我。

我一路地走去，不停地笑着，路人像避开爱滋病人一样地远离我。我跌倒又爬起，膝盖上是一个个流血的口子。不知什么就走到了那座天桥。我发疯地跑上去，在栏杆前停了下来。我把袋子里的咖啡豆从天桥上倒了下去，然后在一阵此起彼落的咒骂声中捶着我的肚子大笑。

四

天桥下站了好多的人，他们在看我，他们的眼神如此的空洞和无奈。我好像看见了下面的人群中有一双眼睛很熟悉，他用细长的手指夹着烟，他的手指很寂寞，他的头发遮住了眼睛。文卿，你为什么不说话呀？我对着人群喊。我记得的，你是喜欢这样的女子的吧？我喊着，背转了身子，靠在栏杆上。文卿，你是爱着我的，我和我们的孩子也爱着你，你听到吗？我往后慢慢地仰下去，张开了双臂，一点点，一点点……我终于摸到了魏文卿的眼睛，冰凉得烫手。我狡黠地笑了。

文卿，我终于能够成为你所爱的女子了。

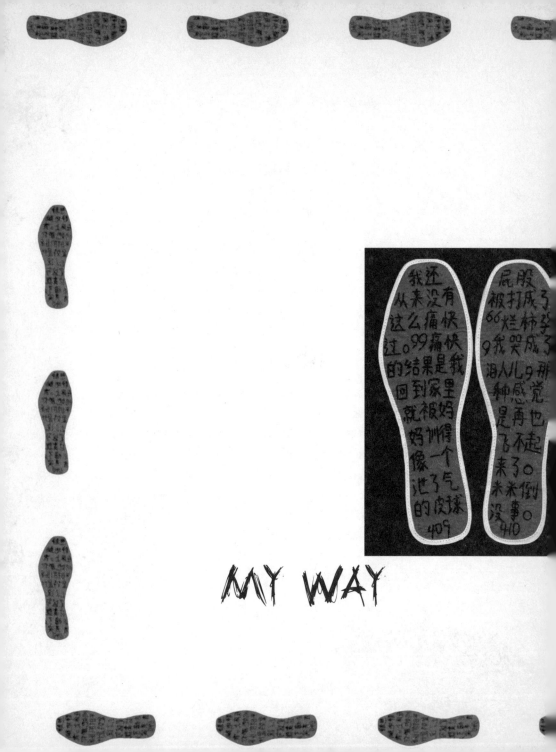

我还从来没有这么痛快过。痛快的结果是我回到家里，就被妈妈揍得好像一个泄了气的皮球。屁股被打成了烂柿子，我哭成了泪人儿，感觉是再也飞不起来了。倒没事。

409

410

MY WAY

—— 雅良作品《鞋垫》 ——

我从她无数张照片和几十万
字的文章中看着她的举动。

早上醒来,像往常一样,深呼

一口气,在这些城市里已经很久了。
她伸了伸手,感觉自己还站在房间
里。"怎么飞不起来?"她再次尝试,
也是徒劳。"是忧郁深深地扎进了她
的内心,加重了肉身。"

她回到村庄,坐在老树的根部,
把过去的石子丢进水面,看着她沉
进去,老树的苍郁浸染在蓝天与碧
水中,三种色彩滋养着她。

在村子里,她呆了半年,有近十
年没有这样在村子里住过了。她把
在城市里怀念的变异的文字一个一
个地绣在一双双鞋垫上。

她还是想让自己飞起来。

刘莉娜

刘莉娜、女、
曾获第二届
新概念作文
大赛一等奖。

我以前一直认为，人总是要遗忘的，这种生理上的"丧失"无法避免；而很多当时对自己来说是非常重要的事情，很多那个时候用了所有的心情去爱着的什么人，许多年以后忘记了，就好像从来没有发生过一样……

《MY WAY》

　　当 Paul Anka 的音乐第一次从我的手提电脑里传出来的时候，手里的事情不禁为之停顿。很久没有听到如此平和纯静的弦音，好像天生应该用黑胶唱片放出来，换一面，把唱针拨过来，磁头沙沙地接触胶片，然后，音乐飘起来，飘起来。就是这样的音乐。

　　可能对于我们来说，Paul Anka 这个名字是陌生的，当六十年代这个眼神尖锐的十六岁男孩子以一曲《Diana》唱红整个欧洲的时候，我们的父母正当年轻一如今日的我们，在中国大地一片红色的信仰里面，绕指柔情是不被允许的。很多年以后，当我们在精致的新世纪音乐或者靡幻如英格玛的世界里蓦然回首时，当年一头黑色浓发的年轻男孩已经变成六个孩子的父亲，神色温和，在白色的休闲衣服里面亲切地微笑——在很多美仑美奂的 CD 中间，那么普通，就像下午四点以后所有坐在星巴克露天咖啡桌边的外国大叔一样，看起来淡然，有一点衰弱，——我忽然觉得这个样子的 Paul，唱起他那首《My way》，应该是真正适合的时候。

　　一直不知道像《My way》这样的歌自己是不是听得懂，但是这并不影响我对它的偏爱。很少有这样子的音乐了，从第一个音符开始，最开始，就显露致命的深沉。没有什么华丽的装饰音，没有高科技的混音效果，一根弦乐轻轻吊在半空中，在中音区所奏出的如歌旋律，像时间般缓慢但是不可阻止地流淌出来，直令人深深沉醉其中。而后，另一个声部加进来，弦乐不变，一个低低地倾诉，一个悠扬地悬在上空，低的是时间的长河，高的是记忆里的点滴亮色，彼此缠绕，千里唱和，很难想像只有两个简单的声部就可以产生如此旖旎然而又毫不轻浮的效果。这时候 Paul 的声音响起来，缓缓如叙述，弦乐此刻逐渐向高音区行进，整首乐曲的气氛渐趋辉煌，但是并不华丽，聆听的

感觉是一位上了年纪的朋友在向你讲述他一生中的事情。那种娓娓道来的感觉自然、亲切,有些许的伤感,还有一份尘埃落定后的淡泊,可是你听着听着,就会觉得心里的某一个地方一下子温暖起来,这个时候只想闭上眼睛,但是眼前却并不是一片黑暗的,而是橘色,在橘色的光线里面,回过头去,心里面是要想起很多很多美好的事情的。

　　《My way》这首歌其实是 Paul Anka 写给别人的歌,是他根据 1968 年听到的一首法国叙事曲《Comme d'Habitude》改编的,法文 Comme d' Habitude 的意思大概是"像平常一样",Paul 买下了乐曲的版权,填上英文新词,交给 Frank Sinatra,以新的英文标题《My way》进行录音。没有想到的是,很多年以后,当 Paul 把此曲收入自己的专辑

张卫作品

《A boy of work》发表之前，Frank Sinatra 病逝，为了向这位二十世纪的乐坛传奇致敬，Paul 特别经由 Sinatra 家族的协助，取得了他当年录音母带的 Vocal 部分，穿插在歌曲中，但是完全改变了编曲风格，虽然表面上听起开始"合唱"，但是我们可以很清楚地体会到那种心情，——这是一个传奇向另一个传奇的致敬，令人动容。

在流水般的音乐里。Paul 的声音。

他说。

I've loved, I've laughed and cried。

他说。

I've had my fill, my share of losing。

他说。

And now, as tears subside, I find it all so amusing。

我们纤细的心里马上就湿了。

我们的生活万般纷杂，很多当时看起来轰轰烈烈的事情，好像要用自己的一生去投入的事情，很多年过去以后蓦然回首，百感交集，原来，还是会有忘掉的那一天啊。曾经，你经历过痛苦，你品尝过欢乐，你挥不去遗憾，你紧握着幸福，你以为它们是你的全部，然后时过境迁，当烟消云散的时候，那些颜色总是会淡掉的。有一些人你会忘掉，有很多事情就好像从来没有发生过，也许这是一件幸福的事情，王家卫的电影里说，一个人会觉得痛苦是因为他总是忘不了，但是真实生活中没有人是"总是忘不了"的，不需要那一坛"醉生梦死"，时间会让这些痛苦慢慢消失掉——就好像白驼山的那一树桃花，梦里梦外都在枯萎。就好像听这首《My way》的感觉。时间，时间是一种厚重的力量，慢慢抚摩过去，心里就像海水洗刷过的沙滩一样了。我在海南的时候看见过落潮以后的沙滩，很漂亮，很多细小的贝类碎壳半掩在湿沙里，就是那一种受过洗礼的平静仪态。

Paul 是在大约二十八岁左右的时候写这歌的，等到在自己的专辑里唱的时候，是六十岁。他觉得他爱过了。爱过了，就可以了。相比之下，我还年轻，我们还年轻，没有几个"很多年"可以回过头去看一看，但是仍然是有走过的路，不管短或者长，都是 My way。而且我们还在路上，我们还在爱着。我以前一直认为，人总是要遗忘的，这种生理上的"丧失"无法避免；而很多当时对自己来说是非常重要的事情，很多那个时候用了所有的心情去爱着的什么人，许多年以后忘记了，就好像从来没有发生过一样，那种事情是要让人很伤心很伤心的。所以我一直要写文章的，也许假装是一个小说，其实我只是想把他们记住。很多年以后看一看这些文字，原来，我那个样子爱过，在我年轻的时候。那有多好啊。但是现在，听一听 Paul 的和缓叙述，开始觉得也许不是这样的，也许忘掉是对的。很多事情越是计较就越是会在意念的作用下失掉原来的样子，失去那一份心情，不如就忘了吧，舍了吧，经过了就好，"经过"是一种单纯的行为，是一个高高悬在半空的单音，不说，不碰，既是圆满。

岩井俊二的电影《燕尾蝶》里有这样一个场景，从良之后的固力果在飞鸿那间还未开张的 Live House 里唱了一首歌,就是这首"My way"。固力果的声音非常微弱,女孩子细细的嗓音在乐队的背景声音中如游丝一般悬于一线,若隐若现,那个时候她应该已经感悟到了吧,千帆过尽,所有的"以后"都会变成"曾经",受过的伤害,尖锐的疼痛,都会过去的,都会过去的,没有什么是不会被忘记的。

猫王在 1972 年把这首歌加入演出中,他认为它宣告了一个男人生命的骄傲,以及在面对障碍和困难时的成就。而这个男人在六十岁的时后,他的和缓的声音让我觉得,也许歌里面连那些骄傲和荣耀都是没有的,不是为了宣扬一种成就,就只是叙述,他的一生,他的爱情,风风雨雨,悲欢离合之后,暮然回首,终于回归到满足与平静之中。

I'VE LOVED, I'VE LAUGHED AND CRIED.
I'VE HAD MY FILL, MY SHARE OF LOSING.
AND NOW, AS TEARS SUBSIDE, I FIND IT ALL SO AMUSING.

关键词

道上

打

英雄本色

龙女，原名龙艳，1984年1月出生。就读于中央戏剧学院，2002获春天文学奖提名。

他现在也不念书，在道上混着，做了人家大哥。他问起我哥和妈，又给我留了他的手机。看那几个人对他的恭敬态度，我想应该混得不错。

苏 紫 荆

百无聊赖的一个下午，看了一部香港电影，勾起我记忆里冰山一角。

1980年的时候，我出生了。外公外婆在"文革"中就死了，妈妈等于是孤儿，她说她嫁给我爸完全是看在我爸成分好，人老实，结婚以后，妈妈就一直随着他住在这片贫民窟里。我就是这种特殊时期的特殊婚姻的产物。遥远的时代，记忆已经很模糊，但是我记得我们住的那条街终日没有太平过。

街边是菜市，人声鼎沸的，常常有莫名其妙的吵架和打斗。自我开始有记忆的时候，我就亲眼看见过一个男人用西瓜刀把另一个男人砍倒在地，后来那个男人抢救无效死在医院里，那时我三岁。

最吓人的是群殴，每次外面有什么风吹草动的，我都蜷缩在小阁楼的一个角落里，仿佛我看见了那场可怕的打斗，其实我什么都没有看见，但这种时候哥哥都要想方设法偷偷跑出去凑热闹。虽然他明明知道要是被妈妈知道了他肯定免不了一顿好打。

爸爸在这一带的朋友挺多，但是妈妈不喜欢他们。只要妈妈在家，他们也是不敢随便造访的，要找爸爸就在门口喊一声，并不进来。即便是这样，妈妈还是没有好脸色。后来我知道他们都是来找爸爸帮忙的，具体是什么忙，我到现在也不甚了解，只知道后来有一个叫"刀疤"的叔叔吸毒了，然后不知所踪。

从我上学的第一天开始，妈妈就告诫我要努力学习，一定要摆脱这个环境。我也不知道为什么，虽然那时觉得妈妈很凶，但是每每妈妈打完哥哥就大哭一场的时候，我觉得妈妈是为了我们好，妈妈说的都是对的。妈妈每天都会来接我和哥哥放学，有时候她加班就会嘱咐住在我们对面的郝婆婆来接我们。郝婆婆总在自己的屋里糊小纸袋，医院装药用的那种。如果是她来接我们，我们就可以一直待在她屋里帮她糊纸袋，末了她还会送我们几个没有糊好的，当时我都会因为这种奖励感到很高兴，很得意。

我八岁的时候，我们楼对面，也就是郝婆婆的楼上住着的熊爷爷死了。没有多久就搬来了一家人，说是一家人，只是一个男人带着一

163

个跟我哥一般大的男孩子。他比我哥矮半个头，特别黑，一副吊儿郎当的样子，跟他爸很不一样，他爸很沉默很冷峻让我害怕。

我帮郝婆婆糊纸袋的时候看见他，他也看了我一眼，然后就往我家门口几个蹲在地上拍画片的孩子里钻。他爸叫他快上去，他应了一声并不行动，反而大展手脚跟他们一起拍画片，还招呼我哥一起去。我哥并不是不爱玩，只是并不屑于和那些小孩子玩，好不容易来了一个跟他一般大的，他欣然接受。他们正拍得兴致勃勃的时候，我妈妈回来了，揪着我哥的耳朵把他扯进家里去。我惶然跟在后面，瞟了他一眼。他一脸的幸灾乐祸，然后笑着问我："那是你妈啊。"那一刻开始我认定他不是什么好人。

后来我知道他叫苏紫荆，转到我们小学来，跟我哥一个年级但不同班。

我哥跟他很快就成了铁哥们儿。我哥跟我不一样，他总是惹妈生气，而且他绝对不是个省油的灯，再加上苏紫荆，他们很快就称霸了我们那条小巷。我哥因此没有少挨我妈的打。妈妈明令禁止我和哥哥跟苏紫荆玩。但是我爸从来不说什么，我跟我爸几乎不说话。我的世界仿佛只有妈妈和哥哥存在。既然妈妈都认为苏紫荆是不学无术的坏孩子，那他肯定是，他又不爱学习，整天混，被老师惩罚，不爱学习的人就是坏孩子，我就这么想。所以我愈发讨厌苏紫荆，甚至跟他迎面而过都当做没有看见。而我越是这样，他就越喜欢逗我，每次都要把我逗得快哭了才罢休。他来找我哥玩的时候，要么我在做作业，或者我装作看书就是不理他，他却总爱找话跟我说，无聊的废话，譬如他看见我在看书还问"你在干什么"，再比如他们事先对好了暗号，他还问"你哥哥在吗"。我觉得他可恨又无聊，是个顶没出息顶坏的人。

有一天晚上，我迷迷糊糊醒来发现妈妈在我床边默默流泪，但是她并没有注意到我，而是很关注楼下的声音。我仔细听，好像是"刀疤"叔叔的声音。第二天爸爸一直没有回来。两天后，派出所的叔叔来了，问了妈妈一些话。

后来爸爸再也没有回来过。我问，妈妈只是哭不回答，我就不问了，并且爸爸在这个家与不在这个家于我来说没有什么改变，只是后来我才知道有什么不同——那就是我被同巷的小孩子叫成了"杀人犯的孩子"。当然我哥在的时候他们是不敢这么叫的。

郝婆婆中风了以后，就是我哥同我一起回家，但是我哥总是要等苏紫荆，要么就是苏紫荆等我哥，我们总是在操场上的一个单杠那儿集合。

有一次，我们等了很久，苏紫荆都没有来，我想他肯定是犯了什么事情被老师留下来了。我让我哥别等他了，我哥不肯，还要我跟他一起去苏紫荆的教室看看，任凭我怎么威胁都没有用。反正他也是不怕妈妈的。我一怒之下自己一个人跑了，我以为我哥会来追我，没想到我哥却朝教学楼走去了。我心里特别委屈，一股劲儿冲回家。我觉得哥哥被苏紫荆抢走了。

刚走到小巷口的时候，有几个小孩子，有的跟我一般大，有的比我还小，在地上不知道玩什么，看见我一个人哭着回来，他们就一拥而上，围着我大声说叫着：杀人犯的娃儿！我涨红了脸，捂着耳朵大声反驳道：我不是，我不是！想要冲回家，突然想起钥匙在我哥那儿。又气又急，我哇哇哭起来。那帮小孩子还不放过我，我简直想杀人。但是我知道我不会，我不能，我只会蹲在地上捂着耳朵哭。

正在这个时候，先后两声大喝，我就看见身边那群小孩子如受惊的鸟兽一般散开，苏紫荆和我哥一手逮住一个，我哥正在问他们为什么欺负我的时候，苏紫荆已经给他逮住的两个小孩子一人一个大嘴巴，他们脸上就有了红印子，他又把他们拎到我面前一掼，准备又要打，那两个孩子忙不迭地跟我认错，差点就磕头了。最后苏紫荆踢了他们屁股威胁了几句，放他们走了。苏紫荆和我哥问我有没有事，我硬是不说一句话，尤其不理苏紫荆，我觉得一切都是因为他，他还在装好人。

那天晚上，我妈把我哥打得很惨。我躲在阁楼的角落里听见对面的屋里传来苏紫荆的叫声。

自此以后，苏紫荆像我的影子一样总跟着我。

有一次，班里有一个给我写过纸条的男生想接近我。他用了一种最原始最粗糙的表达方式，就是捉弄我。下楼做广播操，楼梯很窄，我顺着扶手慢慢走着，他和几个调皮的孩子冲下来，他趁机推搡了我一下，我一个没站稳，差点摔下楼梯。

—— 翁培竣作品《白天出发》——

　　学校对面的巷子里，没有路灯。我还没来得及适应里面的黑，就有一个人冲过来一棍子击中我的头，第二个冲上来拦腰一拳，又有两个人上来踢打倒在地上的我。

　　将近两个月，我恢复过来。

　　采用排除法，把目标盯上了我始终看不顺眼的三个人。

　　我们开始出发，我动用了我们年级的男同学，我们出发在白天，之前，我们在他们学校门口贴了打人告示：女生走开，无关系者走开，不涉及无辜。我们明人不做暗事，以绝对的优势痛打了他们。

　　学校批评说我们这样明目张胆地打人也是"恐怖主义"。

这时只听见那个男孩一声惨叫,不知道什么时候,苏紫荆已经提起了他的耳朵,顺手就是两个耳光,那男孩的脸立刻就红了。

他无辜地望着我,希望我为他求情,而我已经被苏紫荆吓住了。我站在那儿,不知所措。苏紫荆揪着他的耳朵,把他拎到我面前要他道歉。还没等我回答,一个执勤老师被男孩的惨叫声引过来,拧住了苏紫荆的耳朵。

苏紫荆大概觉得这样在我面前是很没有面子的,便死活不吭声,我猜想那老师的手不会轻,因为苏紫荆的耳朵已经红得跟烧腊似的了。

而我,依然站在原地,看着苏紫荆被老师带走了,没有为他做任何辩解。事实上,我已经被他吓呆了。

那天晚上,我又听见了苏紫荆家传来的叫声。他爸下手一定很重。

我猜想他一定会把这件事情跟我哥说。我哥要是知道了,一定会骂我不仗义,或者不跟我玩,再或者我们的感情就不再像那么好了。我一直担心着,以不同的方式试探过哥哥好几次。不过哥哥一直都不知道这件事,我便突然觉得自己很猥琐很不够道义。

哥哥小学毕业那年,政府说我们住的那一片房子是危房,要收回土地重新盖楼。妈妈便四处找房子。姨妈们帮忙找了处市区的房子,方便我和哥哥上学。

苏紫荆一家就搬到另外的地方了。他成绩没有我哥好,自然也没有跟我哥考上同一个中学。他的未来如何我不知道,本来脱离了他,我应该觉得高兴,但是心里却感觉有些空空的。搬家的那一天,我时不时看一眼他,他也时不时地在我家门口转着，一边跟我哥说话，一边瞟着我。我突然便觉得伤感，但是我不愿他知道。

自此，我再没有遇见过苏紫荆。我哥上了中学后，功课忙起来，加上人也成熟了许多，谈了恋爱，没有多的时间和心思用在玩上，他又有了新的朋友，儿时的玩伴随着时间就淡去了。

我和哥哥都挺争气的，读书很好。我还常常在报纸上发表各种文章，在地方上也算是小有名气的，妈妈因此感觉很欣慰。

直到我上大一的那一年夏末，我才又遇见了苏紫荆。那是在一种很难堪的时间地点事件里，他和我相遇了，彼此认出对方。

那天放学回家的路上，经过一条小巷子的时候，我被两个高大的男孩子拦住。他们是抢钱的坏孩子。那个时候，中午在学校吃饭，身上多少是有些零用钱的。

我被吓坏了。后来苏紫荆来了，他们是一伙的。苏紫荆认出是我，马上喝退了他的两个小弟。紫荆已经长得比我哥还高，皮肤黝黑，眼神里透露着痞气和调皮，他还是那样精瘦，只是手臂上有纹身，还有两条深深的刀疤。

他现在也不念书，在道上混着，做了人家大哥。他问起我哥和我妈，又给我留了他的手机。看那几个人对他的恭敬态度，我想他应该混得不错。

我跟我哥提起的时候，哥哥的反应并没有我想像中强烈。我于是想，男人的友谊原来也可以那样脆弱。想起《英雄本色》这个电影，兄弟也还是要有利益关系才能维持吧的。

本来这件事情和这个人都应该就此结束的。但是两个月后机缘巧合，我又遇上一档事儿。

我在大学里的一个顶好的女朋友和她的男朋友在学校外面租了房子，后来她的男朋友把别人的肚子搞大了，她知道后就提出分手，结果她的男朋友不但不同意，还将她锁在屋里打得半死。后来她趁他去买烟的时候给我打了电话求救。我一时怒气上来，说要报警，后来想了想，觉得事情闹大了不好。但是又实在觉得那个男孩儿可恶，于是给苏紫荆打了个电话。

苏紫荆二话不说，叫了五个人跟我去了朋友家，敲开门。

他们把那男孩打得跪地求饶，发誓再不敢碰我朋友。

安顿好我朋友后，我约紫荆出来吃饭。

在学校附近的小餐馆里，紫荆一个人来的。

──── 洪浩作品《东西NO3》────

每天都要出门，很晚才回来，背一大箱的饮料，一个品牌一种型号。

早上出门是很正常的，八点差九分，已经站在楼下。下午回家。提包涨得很大，娱乐是件享受的事情，我不断地买回今天流行新人的单本专辑。

今天是中午，起得很晚，吃了中饭才出门。把门关上，电梯门数字显示一切事情就在等待中。我回来得稍微晚点，把电器设备必须要用的小件物品买了回来，还有零食，一个晚上就可以消灭掉。

衣服放得太久，什么味道都会有，用一种绝对高浓度的味道来吞噬各种味道。

昨天有体育转播，我没有出门，弄得身体出了毛病，好在药店不远，下楼往左，出巷子口就有一家。我买回来各种备用药。

以后无论遇到什么事情，每天都必须出门，不然眼睛会坏的。

本书所有艺术图像配文：深蓝

"我以为你哥也来。"

我其实约了我哥，但是他的女朋友又约好了他逛街，因此他回绝了我，说以后还有机会。我看到紫荆失望的表情，忙帮我哥撒谎说他今晚要考试所以来不了。紫荆谅解地笑了笑。

吃一顿饭，我们说了挺多话。因为大家都不再是小孩子，很多事情便释然了。他说他看过我的文章，在报纸上，但是看不怎么懂，又说一定是好看的东西。说着说着，我们都笑了。

末了，紫荆死活不让我付钱，他说我不过还是个学生，还是个小妹妹而已。我拗不过他，便由他结了账。

他送我回到学校，一路上却没有怎么说话，大概我们的话题本来就很少，又被时间抹掉了一些，剩下的只是一些朦胧的并将永远朦胧的记忆和感觉。

我只记得他跟我说的最后的话是："我其实不应该帮你打这场架。你不要和我这样的人打交道，对你自己不好。你和我是不一样的人。"

自此，他换了手机号码，任我再怎么找他也找不着了。苏紫荆也许永远就从我的生活里消失了。

我再没有听到过他的任何消息，他离开得太干净，甚至我疑心我是否遇见过他。即便是个幻觉，他也在我心里烙下了一个印记。

172

顾振清，艺术策展人。1964年生于上海。1987年毕业于上海复旦大学历史系。2003年兼任上海多伦现代美术馆艺术总策划，2004中国当代艺术奖（CCAA）艺术总监。常居北京、上海。

本书艺术图片由顾振清先生提供，特此鸣谢！

唐朝晖，70年代人。评论人和图书策划者。已主编出版《80′人的火车》等书。2000年出版散文集《心灵物语》。

顾振清展览策划主要作品

2004 年

"什么艺术展",陕西省美术博物馆,就掌灯展示营销中心,西安,中国。

"轻而易举·上海拼图 2000-2004",国立当代美术馆,奥斯陆,挪威。

"中国:当下语境"画展,唐人画廊,曼谷,泰国。

2003 年

"打开天空"当代艺术展,多伦现代美术馆,上海,中国。

"左翼"中国当代艺术展,左岸公社,北京,中国。

杜塞尔多夫大展"人造现实"中国特展,当代艺术宫,杜塞尔多夫,德国。

"木马记 1 & 2"国际当代艺术展,圣划艺术中心,南京,中国。

"二手现实"当代艺术展,今日美术馆,今日美术馆苹果分馆,北京,中国。

"另一种现代性"当代艺术展,犀锐艺术中心,北京,中国。

第三届平遥国际摄影节,平遥,山西,中国。

"趣味过剩"纽约展,前波画廊,纽约,美国。

2002 年

"面对自然",Inner Space,华沙,波兰。

第二届平遥国际摄影节"日常态度"中国图片艺术特别展,平遥棉织厂,山西,中国。

"外在与内在"中泰当代图片艺术展,唐人画廊,曼谷,泰国。

2001 年

"16 届亚洲国际艺术展",广东美术馆,广州,中国。

首届成都双年展,成都现代艺术馆,成都,中国。

"虚拟未来"当代艺术展,广东美术馆,广州,中国。

"中国魅力"泰国展,当代艺术空间,曼谷,泰国。

2000 年——1992 年

"异常与日常"当代艺术展,原弓现代美术馆,上海,中国。

"人与动物"行为组合展,北京、成都、桂林、南京、长春、贵阳,中国。

"传统视觉影像展",上海大学美术学院,上海,中国。

"当代中国艺术精华展",卜劳德画廊,伦敦,英国。

"中国 1966-1976 宣传画展",安大略省中国美术馆,多伦多,加拿大。

"当代艺术研究文献资料展东北巡回展",东北师范大学美术馆,长春,中国。

青春图文馆 表达无极限＞